Alan Akin

AZIZ ASKAR

Alan Akin

AZIZ ASKAR

KERALA
SPIEL DER KÖNIGE

TWENTYSIX VERLAG

Bibliographische Information der Deutschen Nationalbibliothek:
Die Deutsche Nationalbibliothek verzeichnet diese Publikation
in der Deutschen Nationalbibliographie, detaillierte
bibliographische
Daten sind im Internet über dnb.dnb.de abrufbar.

TWENTYSIX – Der Self-Publishing-Verlag
Eine Kooperation zwischen der Verlagsgruppe Random House und
BoD – Books on Demand

©2020 Alan Akin
Umschlaggestaltung: © Ridvan Çapan

Herstellung und Verlag:
BoD – Books on Demand, Norderstedt

ISBN: 9783740764319

PROLOG

„Aziz, komm raus! Aziz!!!" Die Tür bebte, während Yusuf heftig dagegen hämmerte. "Die anderen sind schon am See!", rief Achmed ungeduldig.

Währenddessen rührte Aziz abwesend in seinem Müsli. Er war so in seine Gedanken vertieft, dass er seine beiden Freunde gar nicht wahrgenommen hatte.

„AZIIIZ!", brüllte Yusuf noch einmal, sodass dieser aus seinen Gedanken gerissen wurde. „Ich bin ja schon fertig", antwortete Aziz, der ein paar Jahre jünger war als seine Freunde. „Ich musste noch zu Ende frühstücken", entschuldigte er sich. „Ihr kennt doch meine Mutter."

„Wenn du so weiter isst, müssen wir dich demnächst zum See rollen", grinste Yusuf und knuffte seinen Cousin liebevoll in die Seite.

„Dann hätten wir immer jemanden, der uns Schatten spendet", stichelte Achmed.

„Lass gut sein, Achmed. Sonst läuft die kleine Petze gleich wieder zu seiner Mutter. Ich will keinen Ärger mit meiner Tante." Yusuf schulterte schwunghaft seinen Rucksack. "Lasst uns endlich los. Die Sonne brennt jetzt schon im Gesicht."

„Wohin gehen wir eigentlich?", fragte Aziz vorsichtig.

„Hoch zum Berg, dahinter ist ein kleiner See, wo im Sommer alle Kinder sind. Bei der Hitze ist es das Beste, was wir machen können." Yusuf wischte sich den Schweiß von der Stirn. „Du warst noch nie dort, nicht wahr?"

„Nein!" Aziz blickte ehrfürchtig zu seinem großen Cousin

hoch. „Danke, dass ihr mich mitnehmt."

*

Nach dem anstrengenden Aufstieg waren die drei Freunde nassgeschwitzt. Aziz war etwas hinter den beiden anderen abgeschlagen, die bereits auf der Bergkuppe standen und den Ausblick genossen.

„Sind wir gleich da?", keuchte er und schleppte sich die letzten Meter zu seinen Freunden. Er stützte seine Hände auf die Knie, um besser atmen zu können. Als er wieder etwas besser Luft bekam, blickte er hoch und traute seinen Augen kaum. Beindruckt schaute er auf den kleinen See. „Wow! So etwas Schönes habe ich noch nie gesehen!"

„Hier werden wir den Rest des Sommers verbringen", verkündete Yusuf und machte eine ausladende Bewegung mit seinem Arm. Er hoffte, dass Aziz hier Anschluss finden würde, damit er nicht immer wie eine Klette an ihnen klebte. „Na los, wer als Erstes am See ist!" Yusuf rannte los, dicht gefolgt von Achmed, der Schwierigkeiten hatte, mit seinem sportlichen Freund mitzuhalten. Während die Zwei schon fast am See angekommen waren, konnte Aziz seinen Blick nicht von der Schönheit des Sees abwenden. Er stand noch immer oben am Gipfel und spürte dabei, wie der Wind in sein Gesicht peitschte.

„Aziz, was machst du denn? Na los, jetzt komm endlich runter!" Yusuf wedelte wild mit den Armen. „Du hast schon einen echt komischen Cousin!", lachte er und klopfte Yusuf auf die Schulter.

„Ich weiß, aber was soll ich machen? Familie sucht man sich schließlich nicht aus", gab Yusuf genervt zurück. „Ich möchte keinen Ärger mit meiner Mutter oder meiner Tante bekommen. Also haben wir ihn wohl an der Backe."

„Dann müssen wir eben dafür sorgen, dass er hier andere Freunde findet, die er nerven kann." Yusuf streifte sein T-Shirt ab. „Los, lass uns eine Runde schwimmen gehen! Aziz braucht bestimmt noch 'ne Weile bis der hier ist!" Er schaufelte Achmed eine große Ladung Wasser ins Gesicht, bevor er sich rücklings in den See stürzte.

Während die beiden Freunde vergnügt plantschten, stiefelte Aziz langsam den Gipfel herunter. Obwohl es mitten im Sommer war, spürte er plötzlich eine kalte Brise im Gesicht. Je näher er dem See kam, desto mulmiger wurde ihm. Eine entfernte Stimme schien mit ihm zu reden.

„Aziz!", hörte er jemanden rufen. Verwirrt schaute er sich um, doch es war niemand zu sehen.

„Mensch Aziz, die Sonne geht gleich unter. Wie lange brauchst du noch, um ins Wasser zu kommen?", rief Yusuf, der entspannt im See vor sich hin trieb.

„Schon gut, ich zieh mich ja schon aus!" Aziz begann sorgsam, seine Schuhe aufzuschnüren.

„Wetten, du traust dich nicht, von der Klippe zu springen?", stichelte Achmed.

„Lass das, Achmed!", sagte Yusuf und drückte seinen Freund

unter Wasser. „Aziz hör nicht auf ihn und komm einfach rein!"

Der See war heute gut besucht. Lauter lachende Kinder plantschten im Wasser und schrien wild durcheinander. Aziz schaute sich mehrmals um. Er sah die Kinder im See spielen. Er sah Yusuf, wie er freundschaftlich mit Achmed kämpfte. Er sah hoch zur Klippe, die den See seitlich um fast zehn Meter überragte. Irgendetwas zog hin dort hinauf. Er wusste, dass er Achmed nichts beweisen musste. Dennoch befahl seine innere Stimme ihm hinaufzuklettern.

„Aziz! Aziz! Du musst das nicht machen! Hör nicht auf Achmed und komm wieder runter!" Yusuf klang besorgt, doch Aziz stand bereits oben auf der Klippe und schaute hinunter. Auch die anderen Kinder hatten aufgehört zu toben und richteten ihre Blicke nun auf ihn. Aziz wusste, dass er jetzt springen musste. Es führte kein Weg daran vorbei, wenn er sich nicht zum totalen Gespött machen wollte. Er wollte es den anderen Kindern beweisen, die bereits Wetten gegen ihn abschlossen und mit vorgehaltener Hand kicherten. Achmed zeigte mit dem Finger auf ihn und begann laut zu lachen. Doch Aziz hörte nichts mehr. Er befand sich in einem Tunnel. Das Blut rauschte in seinen Ohren und alles um ihn herum begann sich zu drehen.

*

„Aziz! Aziz! Bitte hilf mir!" Aus der Ferne vernahm Aziz eine weinende Stimme. Alles war verschwommen und er war unfähig sich zu bewegen, um auszumachen, woher die Stimme kam. „Dieser Idiot taucht nicht auf!" Yusuf steckte seinen Kopf unter Wasser. „Verdammt Aziz, ich habe dir doch gesagt, spring nicht!", dachte er und tauchte seinem Cousin panisch hinterher. Seine Lungen brannten, während er Aziz am Grund des Sees liegen sah. Mit letzter Kraft umklammerte er ihn und zog ihn an die Wasseroberfläche. Yusuf schnappte nach Luft. „Los, hilf mir!", wies er Achmed an. „Er atmet nicht."

Am Ufer angekommen rüttelte Yusuf seinen Cousin und versuchte ihn aufzuwecken. Einige Kinder hatten sich um sie versammelt und starrten geschockt auf den leblosen Körper.

„Na los, wach auf! Deine Mutter bringt mich um, wenn du stirbst!" Er schlug Aziz ein paarmal ins Gesicht. „Wach endlich auf, du Idiot!"

„Was machen wir denn jetzt?", schrie Achmed, als Aziz sich auch weiterhin nicht regte.

„Überleg dir was, du Vollidiot! Du bist doch Schuld, dass er überhaupt – !" Ein Husten und Keuchen unterbrach Yusufs Wutanfall. Aziz schlug die Augen auf und spuckte einen Schwall Wasser aus. „Was ist passiert? Wo bin ich? Und warum schaut ihr mich alle so an?", fragte er röchelnd, während er versuchte sich aufzurichten.

„Du Dummkopf hast uns alle erschreckt. Sei froh, dass Yusuf

dir so schnell zu Hilfe geeilt ist, sonst wärst du vermutlich ertrunken." Achmed holte tief Luft und wollte gerade erneut ansetzen, als Aziz ihn unterbrach.

„Stimmt, ich bin von der Klippe gesprungen." Er schlug sich gegen die Stirn. „Jetzt weiß ich es wieder. Jemand hat zu mir gesprochen, als ich da unten war."

„Du willst uns wohl auf den Arm nehmen?" Achmed lachte schallend.

„Nein, du Idiot! Es ist so wie ich sage. Eine Frau sprach zu mir. Sie weinte und wollte, dass ich ihr helfe."

„Wen nennst du einen Idioten? Ich bin nicht derjenige, der von der Klippe gesprungen ist, nur um uns zu beeindrucken." Achmed stemmte wütend die Hände in die Hüften.

„Komm ist gut. Reg dich nicht auf!", versuchte Yusuf seinen Freund zu beschwichtigen. „Aziz, schon ok. Wir glauben dir. Sei einfach froh, dass du nicht gestorben bist."

„Aber Yusuf – !"

„Kein Aber! Ruh dich etwas aus und dann komm in den See." Yusuf wandte sich von seinem Cousin ab. „Kommt Leute, lasst uns noch eine Runde schwimmen. Aziz geht es gut." Er packte Achmed am Arm und zog ihn Richtung See.

Aziz zog seine Knie an und starrte auf die spiegelglatte Wasseroberfläche. Er sah, wie das Wasser aufgewühlt wurde, als alle Kinder, eins nach dem anderen, wieder in den See sprangen. Sah wie sie lachten und Spaß hatten. „Ich weiß, was ich gehört habe!", murmelte Aziz vor sich hin.

Während er versuchte sich hinzustellen, fegte der Wind durch die Blätter. Es war, als ob der Wind mit ihm sprach. Es rauschte in seinen Ohren, bevor Aziz eine klare Stimme vernahm. „Aziz, Aziz! Bitte hilf mir! Ich schaffe es nicht mehr lange!" Es war die gleiche Stimme, die schon im See zu ihm gesprochen hatte.

„Wer bist du? Und was willst du von mir? Wobei soll ich dir helfen?", schrie Aziz und schaute in Richtung See. Die Kinder im See begannen zu kichern.

„Jetzt hat dein Cousin vollständig den Verstand verloren. Hahaha!, lachte Achmed und zeigte mit dem Finger auf Aziz. Yusuf sagte kein Wort. Er schaute Aziz ungläubig an und hoffte, dass dieser nicht wirklich den Verstand verloren hatte. Alle im See starrten Aziz an und lachten schallend. Doch Aziz achtete nicht auf sie. Die Stimme wurde jetzt immer lauter. „Hör auf! Lass mich in Ruhe!", schrie Aziz verzweifelt und hielt sich mit beiden Händen die Ohren zu. „Yusuf, hilf mir!"

Yusuf war zunehmend beunruhigt und kämpfte sich aus dem Wasser. „Komm kleiner Cousin, es wird Zeit nach Hause zu gehen.

„Yusuf, ihre Stimme schmerzt. Es tut so weh. Ich weiß nicht, was sie von mir will. Wer ist die Frau?" Aziz ließ sich mit den Knien auf den Boden fallen.

„Alles wird gut Aziz! Ich bringe dich jetzt nach Hause. Dann schauen wir weiter." Yusuf streichelte seinem Cousin sanft über den Kopf. Was, wenn er wirklich den Verstand verloren hatte? Wie sollte er das seiner Tante beibringen?

Er zog Aziz auf die Beine und half ihm dabei, seine Kleidung überzuziehen. Dann nahm er Aziz auf den Rücken und machte sich auf den Heimweg. „Jetzt hör auf zu weinen! Alles wird gut!"

„Aber diese Stimme ist so laut. Mach, dass sie aufhört!" Aziz flossen die Tränen über die Wangen.

„Ach, du bildest dir das nur ein. Bestimmt hast du dir den Kopf gestoßen oder zu viel Wasser geschluckt." Yusuf schnaufte unter der Last seines Cousins.

„Also glaubst du mir doch nicht?"

„Aziz, ich weiß du bist gerade einmal fünf Jahre alt, aber du bist doch kein dummer Junge. Weißt du, wie sich das anhört?"

„Aber es ist wahr.. Ich höre sie immer noch. Sie spricht zu mir und will, dass ich ihr helfe", wimmerte Aziz.

„Bestimmt hört es gleich auf. Vertrau mir, kleiner Cousin! Es ist besser für dich, wenn du nicht mehr darüber nachdenkst. Man würde dich für verrückt erklären und in eine Irrenanstalt stecken." Yusuf ächzte unter dem Gewicht seines Cousins. „Also sprich kein Wort darüber und behalte es für dich, wenn du die Stimme weiter hörst."

Die zwei Jungs entfernten sich immer weiter vom See. Mittlerweile hatten sie die Bergkuppe überwunden und machten sich an den Abstieg. Als sie fast zuhause waren, erinnerte Yusuf seinen Cousin noch einmal daran, was sie besprochen hatten. „Aziz, hör mir zu! Kein Wort zu deiner

Mutter! Sie würde sich nur unnötig Sorgen machen. Versprichst du mir, dass du nie wieder ein Wort darüber verlierst?

Aziz dachte einen Moment nach. „Ja gut", willigte er zögerlich ein. „Ich verspreche es."

„Gut, dann geh jetzt rein und ruh dich etwas aus! Wir sehen uns morgen."

Aziz winkte seinem Cousin noch einmal zu, bevor er in der Tür verschwand.

„Mama, ich bin wieder da!", rief er und ließ die Tür ins Schloss fallen.

„Du bist aber schnell zurück. Wo wart ihr und wo ist Yusuf?" Seine Mutter rührte gerade in einem großen, dampfenden Kochtopf. Aziz lief das Wasser im Mund zusammen.

„Wir waren am See. Yusuf hat mich nach Hause gebracht, weil ich so müde war vom Schwimmen. Außerdem habe ich einen Riesenhunger." Aziz versuchte, sich an seiner Mutter vorbeizuschlängeln, um in den Kochtopf schauen zu können.

„Das ist aber lieb von ihm. Hattet ihr Spaß? Ich wusste gar nicht, dass du schon schwimmen kannst."

„Yusuf bringt es mir gerade bei", sagte Aziz und setzte sich an den Küchentisch. „Wie lange brauchst du noch mit dem Essen?"

„Noch paar Minuten. Geh, wasch dir dein Gesicht und die Hände", befahl seine Mutter und rührte weiter im Essen.

Aziz lief ins Badezimmer. Sein Magen knurrte, während er

das Wasser anstellte. Als er aufblickte und in den Spiegel schaute, erschrak er. Seine Augen waren pechschwarz. Nur eine kleine, weiße Stelle war dort zu sehen, wo sonst seine Pupillen waren.

„Mama, Mama! Hilfe!", schrie er.

„Was ist los? Ist was passiert?" Der Kochlöffel fiel scheppernd auf die Fliesen, während seine Mutter ins Badezimmer eilte.

„Meine Augen, Mama. Sie sind ganz schwarz."

„Was meinst du, Kind? Kannst du nichts mehr sehen?" Aziz' Mutter hockte sich vorsichtig vor ihren Sohn.

„Ich kann sehen, aber meine Augen... Sie sind schwarz."

„Zeig es mir, Aziz! Öffne deine Augen!"

„Ich hab' Angst, Mama", sagte er und drehte sich weg.

„Na los, lass es mich sehen! Aziz, öffne jetzt sofort deine Augen!", sagte seine Mutter bestimmt.

Langsam nahm Aziz die Hände von den Augen und blickte seine Mutter vorsichtig an.

„Aziz, jag mir nie wieder so einen Schrecken ein!" Sie richtete sich auf und blinzelte ihren Sohn böse an. „Mit so etwas macht man keine Scherze!"

„Aber Mama, meine Augen..."

„Sei still, Aziz!", fauchte sie und drehte ihren Sohn zum Spiegel. Aziz blickte hinein und erkannte deutlich seine haselnussbraunen Augen, die von der weißen Sklera umrundet wurden.

„Mama, du musst mir glauben. Sie waren ganz schwarz."

Aziz rannte seiner Mutter hinterher, die schon wieder in der Küche verschwunden war.

„Hör zu, mein Kind. Du bist bestimmt müde vom Schwimmen und hast es dir nur eingebildet." Sie drehte den Herd runter und wedelte wild mit den Händen, um den Dampf zu vertreiben, der sich mittlerweile in der gesamten Küche ausgebreitet und die Fenster beschlagen hatte.

„Aber, ich hab auch eine..." Aziz stockte. Die Worte seines Cousins klangen ihm im Gedächtnis.

„Eine was?"

„Ach, schon gut", kriegte Aziz gerade noch die Kurve. „Bestimmt hast du Recht." Er dachte an die Stimme im See, die ihn um Hilfe gebeten hatte. Wo war sie geblieben? Eben noch war sie klar und deutlich zu hören gewesen und jetzt war sie vollkommen verstummt.

„Komm, setz dich hin! Das Essen ist fertig", riss seine Mutter ihn aus den Gedanken. Sie schöpfte etwas von der Suppe auf seinen Teller und stellte ihn vor Aziz auf den Tisch. „Nach dem Essen gehst du etwas Schlafen."

„Ist gut." Aziz schaufelte gierig das Essen in seinen Mund. „Lecker!"

„Gut, dann iss auf und wenn du fertig bist, geh nach oben und sieh nach deiner Schwester! Sie wacht bestimmt gleich auf.

Ja, Mama", sagte Aziz gähnend. Seine kleine Schwester war zwei Jahre alt und konnte noch nicht viel mehr als schlafen und vor sich hin brabbeln.

Leise betrat Aziz ihr Zimmer und schaute ins Kinderbett. „Schlaf noch ein bisschen!", flüsterte er und schlich zurück auf den Flur. Er konnte es kaum noch abwarten, auch selber endlich ins Bett zu kommen und diesen schrecklichen Tag zu vergessen. Ohne seine Kleidung abzulegen, ließ er sich aufs Bett fallen und war schon nach kurzer Zeit eingeschlafen.

*

„Hilf mir, Aziz!" Wieder und wieder hörte er die flehenden Worte. In seinem Traum sah er nichts als Dunkelheit. Eine alles auffressende Dunkelheit, als wäre er im Nichts gefangen. Nur die Stimme war da.
„Wer bist du? Was willst du von mir?" Aziz spürte, wie seine Stimme zitterte.
„Hilf mir Aziz, ich werde sonst sterben." Das Wimmern wurde immer lauter und lauter, während in der Dunkelheit ein kleiner Lichtschimmer in der Ferne aufblitzte. Das Licht schien näherzukommen, wie ein in Zeitlupe explodierender Stern. Aziz hielt sich die Hand vors Gesicht, um seine Augen zu schützen. Gleichzeitig wurde das Weinen der Stimme immer unerträglicher.
„Aziz! Aziz! Wach endlich auf mein Kind!" Aziz spürte ein sanftes Rütteln und blickte in die Augen seiner Mutter, die versuchte, ihn aufzuwecken.
„Was ist los?" Er rieb sich die Augen.

„Alles ist gut. Du hast nur schlecht geträumt", versuchte seine Mutter ihn zu beruhigen.

„Schlecht geträumt?"

„Ja, du hast die ganze Zeit geschrien und dabei geweint." Seine Mutter streichelte ihm sanft über den Kopf. „Was war das für ein Traum?"

Aziz wollte ihr zu gern alles erzählen. Aber etwas hielt ihn zurück. „Ich weiß es nicht mehr", antwortete er daher und schloss die Arme um seine Mutter. „Danke, dass du mich geweckt hast."

„Schon gut, mein Kind. Es war nur ein Traum. Nun versuch noch etwas zu schlafen", sagte seine Mutter.

Aziz blickte Richtung Decke. Die Stimme ging ihm nicht mehr aus dem Kopf. Wer war sie? Warum weinte sie? Und was wollte sie von ihm?

*

„Es gibt Frühstück! Aufstehen! Aziz!", ertönte die Stimme von Aziz' Mutter durch das Haus. Als nach einigen Minuten immer noch nichts passiert war, rief sie erneut: „Aziz, wenn du jetzt nicht langsam aufstehst, gibt es was hinter die Ohren!" Doch vergeblich. Von Aziz war noch immer nichts zu hören.

„So, jetzt reicht es!", schimpfte die Mutter und stapfte die Treppe hinauf. Sie öffnete schwungvoll die Tür zu Aziz' Zimmer und wollte gerade zu einer erneuten Schimpftirade ansetzen, als sie ihren Sohn mit geschlossenen Augen auf dem Bett sitzen sah. Er weinte und murmelte etwas vor sich hin.

„Aziz, mein Kind, öffne die Augen! Warum weinst du? Was ist denn los?", fragte seine Mutter besorgt.

„Mama, hörst du sie denn nicht?", wimmerte Aziz, während eine dicke Träne über seine Wange kullerte.

„Was soll ich hören? Was zum Teufel ist hier los, Aziz?" Sie setzte sich neben ihn aufs Bett und versuchte, ihren Sohn zu beruhigen.

„Das Weinen der Tiere, das Geschrei der Pflanzen. Ich höre, wie sie sterben."

„Was erzählst du da? Aziz" –

Aziz öffnete die Augen. Seine Mutter erschrak und wich langsam von ihm zurück.

„Mama, hilf mir! Ich sehe sie leiden, ich sehe ihren Schmerz. Sie sterben alle! So viele Tiere, so viele Pflanzen. Die Welt leidet! So viel Leid, Mama! So viele Schmerzen! Ich kann es nicht ertragen." Aziz blickte seiner Mutter tief in die Augen. Alle Farbe war aus ihrem Gesicht gewichen und sie schlug die Hände vor den Mund.

Das rechte Auge ihres Sohnes war schwarz wie die Nacht und das linke weiß wie das Licht.

„Mama, mein Kopf tut so weh!", weinte Aziz und rieb sich die Augen. Als er sie erneut anblickte, waren seine Augen wieder normal. Aziz' Mutter nahm seinen Kopf in beide Hände. Hatte sie sich das eben nur eingebildet?

„Hab keine Angst mein Kind. Bestimmt hast du nur schlecht geschlafen", versuchte sie ihren Sohn zu beruhigen. „Jetzt zieh dir etwas an, wasch dein Gesicht und dann lass uns gemeinsam frühstücken. Danach besuchen wir deine Großtante Raya. Die weiß bestimmt, wie man dir helfen kann."

*

Aziz hatte große Angst vor seiner Großtante, da sie immer ganz in schwarz gekleidet war. Durch ihre Verschleierung konnte man nur die Augen sehen, die in den 90 Jahren ihres Lebens bereits trüb geworden waren. Einmal war ihr bei einem Besuch der Schleier verrutscht. Aziz war beim Anblick des beinahe zahnlosen Mundes seiner Großtante vor Schreck die Gabel aus der Hand gefallen.

Einige Kinder im Dorf erzählten sich Gruselgeschichten, die besagen, dass seiner Tante die Augenlider während des Krieges entfernt worden waren und sie daraufhin den Verstand verlor.

Doch trotz aller Geschichten, die sich um Raya rankten, wusste Aziz' Mutter, wenn sie ihrem Sohn nicht helfen konnte, dann konnte es auch kein Arzt oder Heiliger. Ihr blieb also keine Wahl, denn Aziz' Verhalten wurde immer merkwürdiger.

Tante Raya lebte in einer kleinen Hütte, ein paar Kilometer von Aziz' Zuhause entfernt. Hoch oben auf einem Berg verbrachte sie die letzten Jahre ihres Lebens. Zweimal am Tag kam eine Pflegekraft zu ihr und brachte ihr Essen.

„Tante, ich bin es. Deine Nichte Asra", rief Aziz' Mutter, während sie gegen die Tür klopfte.

Einige Zeit verging, bis die Tür sich langsam öffnete und den Blick ins Innere des Hauses freigab. Mit ihrer schwarzen Burka über dem Kopf bedeutete Raya den beiden, dass sie eintreten sollten.

„Es ist schon ein Weilchen her", nuschelte die alte Dame.

„Tante, das war erst letzte Woche." Asra wusste, dass Rayas Gedächtnis schon lange nachgelassen hatte und streichelte ihr daher freundlich über den Handrücken.

„Du bist mit Aziz gekommen, nicht wahr?", sagte die Tante und schlurfte zum Sessel.

„Ja, woher weißt du das?"

„Ich habe gestern Nacht von ihm geträumt, komm lass uns ein Tee trinken." Die alte Dame rührte in ihrem Tee und blickte in Aziz Richtung. „Aziz, bitte warte kurz draußen. Ich muss mit deiner Mutter alleine sprechen."

*

Etwa zwei Stunden später öffnete sich die Haustür und Aziz Mutter kam heraus. „Komm Aziz lass uns gehen."

„Aber Mama, ich dachte, Großtante kann mir helfen?" Aziz war verwirrt.

„Das hat sie, Kind. Das hat sie." Asra packte ihren Sohn an

der Hand und zog ihn sorgsam den Bergweg hinab. Während sie sich vom Haus entfernten, drehte sich Aziz noch einmal um. Seine Großtante stand vor der geöffneten Haustür und hinter ihr war eine schwarze Gestalt zu sehen. „Denk dran, bei den ersten Sonnenstrahlen!", rief Raya ihnen hinterher.

Aziz wusste nicht, ob er die Gestalt wirklich gesehen hatte. Aber er wollte seine Mutter nicht beunruhigen und schwieg daher.

„Aziz, hör mir jetzt gut zu!" Asra blickte ihren Sohn ernst an. „Du wirst heute Nacht nicht zuhause schlafen. Du wirst auch nicht bei deinem Cousin schlafen oder bei sonst wem. Es tut mir leid, aber einen anderen Weg, damit es dir besser geht, gibt es nicht.

„Mama, was meinst du? Wo soll ich denn schlafen?" Aziz Stimme zitterte. Asra beugte sich zu ihrem Sohn hinunter, dessen Augen sich langsam mit Tränen füllten. „Sei stark, mein Kind. Es ist nur für eine Nacht. Du wirst die Nacht heute bei Oma und Opa auf dem Friedhof schlafen."

Aziz stockte der Atem und er musste nach Luft schnappen. „Nein Mama! Bitte! Ich will zuhause schlafen."

„Hör mir zu! Wenn du diese Stimme loswerden willst, musst du heute Nacht dort schlafen oder es wird immer schlimmer. Vertrau mir! Morgen früh, sobald die ersten Sonnenstrahlen die Dunkelheit durchbrechen, werde ich da sein. Heute Nacht werden Oma und Opa dich beschützen." Asra drückte ihren Sohn fest an sich und Aziz spürte die

Besorgnis seiner Mutter in ihrer Stimme.

„Ok, ich werde es tun, aber bitte sei morgen ganz früh da!"

„Ich verspreche es", sagte sie und ihre Augen füllten sich mit Tränen. „Ich bin stolz auf dich."

Zuhause angekommen bereitete Asra das Abendessen vor. Beide sprachen kein Wort. Während Aziz seine Schlafsachen einpackte, hörte er, wie seine Eltern aufgeregt miteinander flüsterten. Sein Vater schien ziemlich aufgebracht und seine Mutter weinte leise. Aziz gab seiner kleinen Schwester einen Kuss auf die Stirn und verabschiedete sich von ihr.

„Komm Aziz, es wird Zeit. Wir müssen gehen, bevor es dunkel wird", hörte er seine Mutter rufen.

Noch hatte Aziz keine Angst, aber je näher sie dem Friedhof kamen, desto schneller schlug sein Herz.

„So mein Kind, wir sind da. Du wirst gleich neben Oma und Opa in deinen Schlafsack krabbeln und bis morgen früh nicht mehr herauskommen!" Seine Mutter kniete sich neben ihn auf den Boden. „Es wird schrecklich gruselig, aber denk daran, nur so kannst du die Stimme loswerden. Ich liebe dich mein Schatz." Asra umarmte ihren Sohn zum Abschied und Aziz erwiderte die Umarmung. Er hätte seine Mutter am liebsten für immer festgehalten.

„Mama, bitte lass mich nicht allein! Ich hab solche Angst. Ich werde auch nie wieder etwas über diese Stimme erzählen. Nie wieder!"

„Ich weiß, dass du Angst hast. Aber ich will, dass es dir gut geht. Bei den ersten Sonnenstrahlen bin ich bei dir. Jetzt sei bitte tapfer und versuch zu schlafen."

Weinend nickte Aziz und drückte seine Mutter noch ein letztes Mal ganz fest. Er blickte ihr hinterher, bis sie um die Ecke verschwunden war. Jetzt war er ganz alleine auf dem Friedhof. Er wischte sich die Tränen ab und kroch in den warmen Schlafsack. Dann war es ganz still. Aziz traute sich nicht, sich zu bewegen.

*

Als die Morgendämmerung einsetzte, rannte Asra los zum Friedhof. Rayas Worte klangen noch immer in ihren Ohren: „Wenn die ersten Sonnenstrahlen den Himmel durchbrechen, darfst du dein Kind wieder in die Arme schließen."
„Aziz! Aziz! Ich bin da!", rief Asra, als sie den Friedhof betrat. Schon aus der Ferne sah sie den Schlafsack ihres Sohnes neben dem Grab ihrer Eltern liegen. Sie rannte zu Aziz und schüttelte ihn sanft. „Du kannst jetzt aufwachen. Ich bin da. Los, lass uns nach Hause gehen!"
Aziz öffnete die Augen und seine Mutter erschrak. Sie waren pechschwarz. Aziz starrte seine Mutter für einen Moment durchdringend an, bevor das Schwarze in seinen Augen langsam verschwand und er wieder zu sich kam.
„Was ist passiert, mein Kind?", fragte Asra.
„Ich kann mich an nichts erinnern. Scheinbar bin ich direkt eingeschlafen, als du weg warst."

„Und was ist mit der Stimme? Hörst du sie noch?"

Aziz grübelte kurz. „Jetzt, wo du es sagst. Nein, sie ist weg."

DER GOLDENE TEMPEL

Zwanzig Jahre lag die Nacht auf dem Friedhof nun zurück, in der Aziz die Stimme das letzte Mal gehört hatte. Er sog die kalte Herbstluft ein, als er die Tür seines Hauses öffnete, um sich auf den Weg zur Arbeit zu machen. Vor der Haustür erfasste ihn ein kalter Windzug, der etwas heftiger war als die Tage zuvor. Aziz spürte, dass der Sommer sich langsam dem Ende neigte.

Sein Weg zur Gaststätte, in der er seit ein paar Jahren angestellt war, führte ihn durch einen kleinen Waldweg. Er bemerkte, dass sein Schnürsenkel sich geöffnet hatte und beugte sich hinunter, um ihn zuzuschnüren.

Als er wieder aufsah, erblickte er einen Mann, der zwischen zwei Bäumen stand und ihn aus kalten Augen beobachtete. Er war kahlköpfig und komplett in schwarz gekleidet. Seine dürren Hände sahen aus wie Knochen und der Mund glich einem schwarzen, zahnlosen Loch inmitten seines schneeweißen Gesichts. Ohren und Nase erweckten den Eindruck, als hätten Ratten sich an ihnen zu schaffen gemacht und ihn im Schlaf angeknabbert. Aziz bemerkte ein weißes Funkeln in seinen ansonsten tiefschwarzen Augen. Er schloss für einige Sekunden die Augen, in der Hoffnung, er habe sich alles nur eingebildet.

Als er sie wieder öffnete, war der Mann verschwunden. Aziz rieb sich die Augen. „Ich bin wohl noch nicht ganz wach", dachte er und beeilte sich, um noch pünktlich zur Arbeit zu kommen.

Auf der Arbeit angekommen, versuchte er einen klaren Kopf

zu bewahren.

„Was ist los, Aziz?", fragte Paul. Er war in den Jahren der Zusammenarbeit zu einem richtig guten Freund geworden.

„Ach nichts, Paul. Mir geht es gut", antworte Aziz.

„Erzähl` mir nichts! Ich sehe doch, dass dich etwas bedrückt." Paul trocknete gerade ein Glas ab und hielt es gegen das Licht, um sehen zu können, ob es ganz sauber geworden war. „Komm, ich übernehme deine Schicht. Geh nach Hause und schlaf dich etwas aus. Du siehst echt nicht gut aus!"

„Danke dir! Ich weiß das wirklich zu schätzen." Aziz legte den Kopf in den Nacken. „Tut mir leid, ich war wohl gestern zu lange wach."

„Kein Problem, dafür übernimmst du meine drei nächsten Schichten", zwinkerte Paul.

*

„Was machst du denn schon hier?", fragte Asra ihren Sohn, als dieser nach nur paar Stunden wieder von der Arbeit nach Hause kam.

„Mir geht es nicht so besonders. Ich lege mich etwas hin" sagte Aziz und trottete in sein Zimmer.

Auf dem Rücken liegend betrachtete er die Decke. Die unheimliche Begegnung ließ ihn nicht mehr los.

*

„Wo bin ich?" Aziz blickte sich verwirrt um. Er schaute an sich herunter und bemerkte, dass die Kleidung, die er trug, nicht seine eigene war. In Fetzen gehüllt saß er alleine auf einer Wiese unter einem großen Baum. Aziz schaute hoch in den Himmel und schirmte die Sonne mit der Hand ab. Heute Morgen war es doch noch so kalt gewesen.

Zu seiner Rechten erblickte Aziz einen kleinen Hügel. Er erhoffte sich, von dort aus einen besseren Blick zu haben und machte sich erschöpft auf den Weg. Oben angekommen traute er seinen Augen nicht.

Aziz konnte nicht glauben, was er da sah: Im Tal befand sich eine riesige Stadt, umgeben von einer ringförmigen Mauer mit vier großen Toren und zwölf Türmen. Im Zentrum stand ein goldener Tempel, der in einem See lag. Auf den Seiten führte jeweils eine Brücke zu den Eingängen des Tempels. Aziz kannte dieses Bild aus Büchern und Dokumentationen. Es war der Tempel in der Region Kerala, in Indien!

Ihm schossen tausende Fragen durch den Kopf. Warum war er hier? Hatte er nicht eben noch in seinem Bett gelegen? Aber wenn es ein Traum war, warum fühlte sich alles so echt an? Aziz zwickte sich in den Arm und spürte den Schmerz. Es war kein Traum.

Er setze sich auf die Wiese und blickte auf die Stadt. Es ging nicht anders, er musste da runter.

Aziz störte etwas an dem Bild. Er brauchte lange, um herauszufinden was es war, doch dann fiel es ihm wie

Schuppen von den Augen: In der ganzen Stadt fuhren keine Autos, Fahrräder oder Motorräder. Es gab noch nicht einmal Straßen. Auch hochstehende Gebäude sah Aziz nicht. Obwohl es so warm war, bekam Aziz eine Gänsehaut.

Langsam näherte er sich dem Eingang der großen Mauer und erkannte erst jetzt, wie hoch sie war. Er schätzte sie auf etwa Zwanzig Meter.

Aziz spürte Blicke in seinem Rücken und sah einige Menschen, die vor der Stadt ihr Getreide anbauten. Sie waren gekleidet wie mittelalterliche Bauern und flüsterten wild durcheinander. Aziz verstand nicht, was sie sagten.

„Verzeihung, könnten Sie mir helfen?", fragte er vorsichtig. Er ging auf einen Mann mit einem grauen Bart zu, doch dieser wich sofort zurück und schaute auf seine nackten Füße im Gras.

Aziz hoffte, in der Stadt jemanden zu finden, der ihn verstand. Er zögerte kurz, schritt dann aber durch einen der monströsen Torbögen der Stadtmauer. Ihm fiel ein Elefant auf, der in den linken Torbogen eingeschnitzt war. Auf der rechten Seite dasselbe und über den Toren war eine halbe sonnenähnliche Form zu sehen.

Auf seinem Weg ins Innere der Stadt sprach er jeden an, der ihm begegnete. „Helfen Sie mir bitte! Spricht hier irgendwer meine Sprache?" Doch die Menschen sahen ihn nur entgeistert an und gingen in einem großen Bogen um ihn herum. Aziz vermutete, dass hier nur Indisch gesprochen wurde.

Nach langem und verzweifeltem Suchen gab Aziz auf. Er ließ sich in einer Gasse nieder und senkte seinen Blick zu Boden. Langsam knurrte sein Magen und seine Lippen waren bereits ganz trocken vor Durst. Er beschloss, sich auf einem der offenen Märkte etwas zu Essen zu klauen. Außerdem hielt er die Augen nach einem Brunnen auf. An einem Stand bot ein Händler Gemüse, Brot und Fleisch an. Aziz nutzte einen Moment, in dem der Verkäufer abgelenkt war, schnappte sich ein Brot und rannte los. Er lief durch kleine, verwinkelte Gassen und musste dabei mehreren Menschen ausweichen. Nach einiger Zeit brannten seine Lungen und er musste sich setzen. Im Schatten von zwei Häusern biss er gierig in den noch warmen Brotlaib. Während er noch kaute, hörte er hinter ihm Schritte. Dann verspürte er einen dumpfen Schmerz am Hinterkopf und es wurde dunkel.

*

Aziz wachte schlug die Augen auf. Ihn fröstelte und die Dunkelheit um ihn herum verschluckte fast alles Licht. Er tastete sich auf dem kalten Steinboden voran und sah Gitterstäbe, die ihn von einem langen mit Fackeln beleuchteten Tunnel trennten. Direkt vor ihm stand ein Tongefäß mit Wasser und etwas Brot.
„Lasst mich raus", schrie Aziz und rüttelte an den Gitterstäben. „Hallo, ist da jemand? HILFE!"
Nachdem einige Zeit vergangen war, tauchten zwei Wärter

auf und öffneten mit rasselnden Schlüsseln das Eisengitter seiner Zelle. Sie fesselten seine Hände mit einem Seil und sprachen dabei die ganze Zeit in einer Sprache, die er nicht verstand. Doch obwohl Aziz die Wörter fremd waren, begriff er, was die Männer von ihm wollten. Er sollte mit ihnen kommen.

Stufen über Stufen schritten sie hoch. Mit jedem Meter wurde die Luft wärmer und die Umgebung heller. Aus den einzelnen fensterförmigen Löchern sah Aziz die innere Stadt. Er wusste nun, wo er sich befand. Er war im goldenen Tempel.

Angekommen an einem mit Gold und Edelsteinen verzierten Tor, entfernten sich die zwei Wachen ein paar Schritte von ihm.

Das Tor öffnete sich und gab den Blick auf einen großen Saal aus Gold, Juwelen und Diamanten frei, der so hell leuchtete wie die Sonne. Es brauchte etwas Zeit, bis sich Aziz' Augen an die Helligkeit gewöhnt hatten. Aziz stockte der Atem, als er die goldene Treppe erblickte, die hoch zu einem pompösen Thron führte.

Rechts und links von der Treppe standen jeweils zwei Männer, die wie Statuen hintereinander aufgestellt waren. Ihr Mund war mit einem schwarzen Tuch bedeckt, sodass Aziz von ihren Gesichtern nur die Augen sehen konnte, in denen nichts Weißes zu erkennen war. Ein weiteres schwarzes Tuch bedeckte ihre Haare. Zudem trugen sie schwarze Lederwesten und -hosen. Ihre Schuhe glichen schwarzen Ballettschuhen. Ihr Blick war geradeaus ins Leere gerichtet. Aziz erkannte den Blick, denn er hatte ihn heute Morgen bereits bei dem unheimlichen Mann auf dem Waldweg gesehen.

Die Wachen schlugen Aziz in die Kniekehle, sodass er zu Boden ging. Sein Blick richtete sich hoch auf den Thron, auf dem eine Frau in einem goldenen Seidenkleid saß. Ihre Arme und Beine waren mit glänzenden Goldreifen verziert, ebenso wie ihr Gesicht. An den Händen und Füßen war ihre Haut mit schwungvollen Linien verziert. Aziz konnte seinen Blick nicht von ihr nehmen. Ihre Karamellfarbene Haut war makellos und das Haar floss über ihre Schultern wie flüssiges Gold. Die perfekt geformten Lippen stachen feuerrot aus ihrem Gesicht hervor, während sie Aziz aus smaragdgrünen Augen anschaute.

Aziz bemerkte, wie die Wachen auf den Treppen ihn nun musterten. Ehe er etwas sagen konnte, hatten sie ihre scharfen Klingen an seinen Hals gerichtet. Deutlich konnte Aziz die schwarzen Augen erkennen und ein Schauer jagte über seinen Rücken. Die Frau hob ihre rechte Hand und die vier Männer nahmen ihre ursprünglichen Positionen wieder ein. Aziz konnte sein Spiegelbild in den scharfen Klingen sehen, die vom Knie bis zur Schulter reichten.

Die Frau erhob sich von ihrem Thron und schritt langsam die Treppen hinunter. Aziz traute sich nicht, aufzublicken. Er spürte, wie die Frau sanft ihre Hand auf seinen Kopf legte. Nach dieser Prozedur entfernte sich die Frau wieder und nahm auf ihrem Thron Platz.

„Wer bist du?", hörte er sie fragen. Aziz schaute sie fassungslos an. Sie war die erste Person an diesem Ort, die seine Sprache sprach.

„Sprich! Wer bist du?", fragte sie erneut. Aziz sah die warnenden Blicke der Wachen, die ihm bedeuteten, der Frau zu antworten.

„Ich heiße Aziz", hörte er sich sagen. „Warum sprechen Sie meine Sprache?"

„Ich spreche alle Sprachen dieser Welt", antwortete sie. „Das ist meine Gabe, denn ich bin die Göttin des Lebens, Vishnu. Und jetzt sag mir, woher kommst du? Und welche Sprache hast du da gesprochen?"

„Das war Deutsch." Aziz blickte ehrfürchtig zum Thron. „Welches Jahr haben wir, wenn ich fragen darf?" Aziz beschlich eine seltsame Ahnung.

„Was ist ein Jahr?", fragte die Göttin

„Wenn Frühling, Sommer, Herbst und Winter einmal vergangen sind, ist ein Jahr herum", antwortete Aziz.

Die Göttin lächelte. „Es ist der fünfundzwanzigste Sommer nach meiner Geburt" sagte sie.

Aziz wurde allmählich bewusst, dass er sich in der Vergangenheit befand. Weit in der Vergangenheit. „Göttin Vishnu, ich komme aus einer anderen Zeit. Aus der Zukunft, um genau zu sein. Aziz kratzte sich am Kopf. „Ich weiß nicht, wie ich hierher kam. Das Letzte, woran ich mich erinnere, ist wie ich zuhause im Bett lag. Als ich aufwachte, war ich plötzlich hier."

Die Göttin befahl den Wachen, Aziz loszubinden und den Saal zu verlassen. Die Wachen gingen durch das große Tor und schlossen es zu hinter sich. Aziz war nun alleine mit den Wachen auf der Treppe und der Göttin. Vishnu näherte sich Aziz und legte ihre Hand auf seine Schulter.

„Du bist der, den ich in meinen Träumen sah", sagte sie lächelnd. „Ich träumte davon, dass ein Fremder in unsere Stadt kommen wird, dem unsere Welt unbekannt ist, aber der uns helfen wird, den schwarz-weißen Mann zu besiegen. Aziz wusste nicht, was er darauf antworten sollte. Die Göttin half ihm auf die Beine und zeigte auf die vier Männer mit den schwarzen Augen. „Das sind meine Brüder Ashura, Lackman, Adora und Nashiri", erklärte sie.

Die vier Gestalten blickten Aziz mit dem leeren Blick an, den er bereits von dem Mann heute Morgen im Wald kannte.

„Wer ist der schwarz-weiße Mann und wobei soll ich Euch helfen?", fragte er verwirrt.

„Ich werde dir alles heute Abend erzählen", sagte die Göttin mit ruhiger Stimme. „Ruh dich bis dahin aus und nimm ein Bad. Beim Essen werden wir uns unterhalten."

Das Tor des Saales öffnete sich und die Wachen traten ein. Sie führten Aziz in ein Zimmer des Tempels, wo er von zwei alten Frauen empfangen wurde. Sie halfen ihm, sich zu entkleiden und ließen ihm ein dampfendes Bad ein.

*

Frisch gekleidet wurde Aziz in den Speisesaal der Göttin gebracht. Der elegante Saal war riesig und mit bunten Blumen geschmückt. Ein großer, runder Essteppich war eingedeckt. Aziz setzte sich und wartete. Nach kurzer Zeit öffnete sich das Tor und Vishnu trat in Begleitung ihrer vier Brüder herein. Als die Göttin gegenüber von Aziz Platz nahm, stellten die Brüder sich hinter ihrer Schwester auf und wichen nicht von ihrer Seite.

Da es kein Besteck gab, fing Aziz an, mit den Händen zu essen.

„Iss, Aziz und stelle mir deine Fragen. Ich werde versuchen, sie zu beantworten", sagte die Göttin nach einer kurzen Pause.

„Ich weiß nicht, wo ich anfangen soll. Ich habe so viele Fragen." Aziz kaute und schluckte den letzten Bissen herunter. „Wer ist der schwarz-weiße Mann?", fragte er nach kurzem Überlegen.

„Er nennt sich selbst Gott des Todes", erklärte Vishnu. „Vor fünfundzwanzig Sommern ist unsere Mutter nach unserer Geburt im Kampf gegen ihn gestorben! Nur die Ältesten im Dorf haben diese Zeit überlebt. Sie sagen, er habe schwarze Augen und ein weißes Gesicht. Seine Hände seien schwarz und knochig und…" –

Aziz unterbrach die Göttin. „Ich denke, ich habe ihn schon mal gesehen. Heute Morgen, auf dem Weg zur Arbeit", sagte er aufgeregt.

Die Göttin starrte ihn an. „Dann bist du es wirklich, den ich in meinen Träumen gesehen habe."

„Was ist mit deinen Brüdern passiert? Sprechen sie nicht? Und warum haben sie diese schwarzen Augen, wie der schwarz-weiße Mann?" Die Fragen schossen nur so aus Aziz heraus.

„Ich werde dir alle Fragen beantworten, eine nach der anderen", sagte die Göttin und fing an zu erzählen. „Ich weiß nicht, was dieser Mann von uns will. Vor fünfundzwanzig Sommern gebar meine Mutter fünf Kinder. Ich war die Erste, gefolgt von meinen vier Brüdern. Zu der Zeit herrschte Krieg in unserem Land. Man erzählt sich, der schwarz-weiße Mann habe Paatasaars, riesige Steinwesen, und könne Schlangen, kontrollieren. Jeder Mensch, der von einer seiner Saamp, wie Schlangen bei uns heißen, gebissen wird, bekäme angeblich ebenfalls solche Augen wie er und stehe fortan unter seiner Macht. Der Mensch verliert dabei die Kontrolle über sich selbst und ist nur noch eine Hülle ohne Seele. Man empfindet keine Schmerzen, schläft niemals und braucht auch keine Nahrung. Nachdem unsere Mutter uns geboren hatte, gab sie uns unserem Onkel Anin. Sie besaß die Kraft des Feuers und so ging sie hoch auf den Tempel und opferte sich für die Bewohner unseres Landes, die bereits alle Hoffnung aufgegeben hatten. Als sie sich die Klinge ins Herz stach, brannte ein gewaltiges Feuer aus ihr heraus, das den schwarz-weißen Mann und alle seine Krieger mitnahm.

Jedoch ließ Jottamadhatu, so wird er bei uns genannt, sechs Schlangen zurück, die mit dem letzten Atemzug aus seinem Mund hervorkrochen. Man erzählt sich, dass eine Saamp floh und die anderen fünf alle Kinder meiner Mutter töten sollten. Unser Onkel versteckte uns mit einigen anderen Stadtbewohnern tief unten im Tempel, jedoch leider nicht gut genug. Die Schlangen fanden uns. Als einer der Männer sie entdeckte, war es bereits zu spät. Jede Saamp war für einen von uns bestimmt. Als die Schlangen meine Brüder bissen, starben sie jedoch, weil die Kraft unserer Mutter auch über ihren Tod hinaus so stark war, dass sie uns beschützte. Meine Brüder überlebten, aber der Angriff veränderte sie und ihre Augen färbten sich schwarz.

Die eine Saamp, die für mich bestimmt war, wurde von meinem Onkel aufgehalten und getötet so erzählt mann es sich. Meine Brüder wurden daraufhin trainiert, mich vor weiteren Angriffen zu beschützen da ich dieselbe Kraft meiner Mutter habe. Leider sind alle fünf ohne Zunge Geboren und können nicht sprechen.

Die Göttin sah Aziz angstvolle Blicke und fuhr fort: „Ich habe die gleiche Gabe wie meine Mutter. Ich kann jeden Menschen auf der Welt verstehen und trage in mir das Feuer. Aber wir glauben, dass der schwarz-weiße Mann bei seiner Rückkehr stärker sein wird als je zuvor."

„Aber deine Mutter hat ihn doch getötet!", unterbrach Aziz die Göttin.

„Wir vermuten, dass die Schlange, die damals entkommen

ist, einen Teil der Seele des schwarz-weißen Mannes absorbiert hat. Dadurch konnte er seine Kräfte langsam wieder aufbauen und bereitet sich nun an einem fernen Ort auf einen weiteren Angriff vor."

Aziz schaute die Göttin fassungslos an. „Kann man ihn den gar nicht besiegen?", fragte er.

„Wir wissen es nicht. Wir wissen gar nichts über ihn." Der Speisesaal hüllte sich in Stille, während Vishnu und Aziz traurig die Speisen auf dem Essteppich betrachteten, die langsam kalt wurden.

Plötzlich erklang aus der Ferne ein lautes Gongen. „Der Wachpunkt!", schrie Vishnu entsetzt und sprang auf. Die Saaltür öffnete sich und einer der Wachen trat herein, kniete vor der Göttin nieder und sagte: „Ein Paatasaar nähert sich unserer Mauer, meine Göttin. Die Göttin schritt durch die Saaltür, komm Aziz!.

Aufgebracht stand Aziz auf und folgte ihr. Doch entgegen seiner Annahme schlug Vishnu nicht den Weg hinunter zum Fuß des Tempels ein, sondern eilte die Treppen hinauf.

„Hoch oben auf dem Tempel haben wir den besten Überblick", erklärte sie. ! In der Tat konnte Aziz von hier aus nicht nur bis an die Grenzen der Stadt sehen, sondern bis weit ins Tal hinein, bis die Berge die Sicht versperrten. Einer der Berge zog Aziz' Aufmerksamkeit auf sich, denn er sah aus, als würde er sich bewegen. Es wirkte sogar, als würden Arme und Beine den riesigen Steinhaufen in Bewegung versetzen und langsam in Richtung der Stadtmauer kommen.

„Paatasaar!", schrie ein Wächter und zeigte auf den Steinhaufen. „Es kommt näher."

Feuerrote Furchen durchzogen den Berg wie Lavaströme und Aziz meinte, so etwas wie ein Gesicht inmitten der Steinmassen ausmachen zu können.

Göttin Vishnu erteilte den Wächtern am Rande der Stadt den Befehl, die Mauer mit all ihren Kräften zu schützen. Das große Tor öffnete sich und bewaffnete Krieger mit scharfen halbmondförmigen Klingen, goldenen Brustpanzern und Schutzschildern aus Gold eilten hinaus. Ein lautes Gebrüll, ähnlich wie das eines Löwen, ertönte. „Es greift an!", sagte Vishnu und blickte mit besorgtem Gesicht in die Ferne.

Plötzlich fiel Aziz auf die Knie und hielt sich die Ohren zu. „Aufhören! Das tut weh!", schrie er.

„Was ist los, Aziz?", fragte die Göttin und kniete vor ihm nieder.

„Dieses Geschrei! Ich halte es nicht aus! Es tut so weh in meinem Kopf!"

„Du meinst das Steinwesen?" Vishnu nahm seinen Kopf in beide Hände.

Aziz schloss die Augen und presste die Hände auf seine Ohren. Währenddessen nahmen die Krieger ihre Verteidigungsposition ein und positionierten sich in einem Halbkreis vor der Stadtmauer. Erneut brüllte das Steinwesen und auch Aziz schrie jetzt, um den Schmerz in seinem Kopf zu vergessen.

Das Steinwesen schwang seine mächtigen Arme und fegte mehrere Krieger weg, sodass diese wie Schachfiguren durch die Luft flogen.

„Aaahh!", schrie Aziz, der noch immer am Boden lag und seine Ohren hielt.

Die Göttin massierte ihre Schläfen und bat dann Ashura um Rat. Das Steinwesen war bereits fast am Tor der Mauer angekommen, während Ashura so schnell rannte, wie er konnte. Er stellte sich dem Steinwesen entgegen und teilte es mit einem waagerechten Schwerthieb entzwei. Das Steinwesen erstarrte, während die Krieger sich langsam näherten.

„Ist es vorbei?", fragte Vishnu.

„Es bewegt sich nicht mehr, meine Göttin", antworte einer der Krieger.

„Aziz, wir haben es geschafft!" Vishnu beugte sich zu ihm hinunter, doch Aziz war bewusstlos.

*

Am nächsten Morgen kam Aziz langsam wieder zu sich. Die Tür öffnete sich und eine der Dienerinnen trat herein. „Ihr seid wach?", fragte sie. „Ich werde der Göttin sofort Bescheid geben."

„Einen Moment", krächzte Aziz und räusperte sich. „Was ist passiert? Haben wir das Steinwesen besiegt?"

„Ja mein Herr, das haben wir."

Aziz ließ erleichtert seinen Kopf zurück auf das Kissen sinken. Kurze Zeit später öffnete sich die Tür erneut und die Göttin, begleitet von ihren Brüdern, trat hinein. Aziz richtete sich auf und versuchte, sich auf die Bettkante zu setzen.

„Bleib liegen!", befahl die Göttin. „Ich setze mich zu dir. Was ist letzte Nacht mit dir passiert?"

„Es tut mir leid, aber ich weiß es selber nicht. Ich habe nur diesen stechenden Schrei gehört und sah vor meinem inneren Auge schwarzes Wasser", erklärte Aziz. „Es war wie damals, als ich noch ein Kind war."

„Wenn einer von denen bereits so viel anrichtet, dann frage ich mich, was wohl passiert, wenn die ganze Armee uns einen Besuch abstattet." Vishnu blickte aus dem Fenster.

„Mehrere Steinwesen?", fragte Aziz ungläubig.

„Ich glaube, das war erst der Anfang."

„Das ist ein Albtraum! Ich werde von einem Gott des Todes aufgesucht, wache mehr als zweitausend Jahre in der Vergangenheit auf, Magie, Geister und Steinwesen, von denen man nicht einmal in Büchern gelesen hat... all das klingt für mich wie ein Märchen."

Vishnu schaute ihn verwirrt an.

„Oh stimmt, Märchen entstanden ja erst viel später." Aziz machte eine kurze Pause. „Das bringt mich auf eine Idee. Da wo ich herkomme, bestehen andere Möglichkeiten, Probleme zu lösen. Mit unseren modernen Waffen hättet ihr bestimmt bessere Chancen gegen den schwarz-weißen Mann."

„Nein!", sagte die Göttin bestimmt und erhob sich vom Bett. „Das was ich dir jetzt sage, solltest du dir gut merken! Du wurdest zu uns geschickt und ich weiß noch nicht genau, was der Grund dafür war. Aber ich möchte, dass du für dich behältst, wer du bist und woher du kommst."

„ Bis auf mich und meine Brüder weiß niemand von dir, wer du wirklich bist Aziz", beteuerte die Göttin.

„Meine Brüder können nicht verstehen, was wir reden. Sie kommunizieren in ihrer Zeichensprache. Nur ich und mein Onkel sind in der Lage, mit ihnen zu sprechen."

„Und wie unterhaltet Ihr euch mit ihnen?", wollte Aziz wissen.

„Sie wurden darauf trainiert, meine Gedanken und Gefühle zu erspüren. Emotionen wie Angst, Wut oder Trauer kann ich nicht vor ihnen verbergen. Sie wissen immer, wie es in mir aussieht." Vishnu drehte sich zu ihren Brüdern um. Nach einer kurzen Pause fuhr sie fort: „Aziz, wenn all diese Dinge, die hier geschehen, keine Auswirkung auf die Zukunft haben oder man sich zumindest nichts darüber erzählt, dann gibt es dafür einen Grund. Ich kann dir nicht sagen welchen, aber es muss so sein. Also bitte denk daran, mit niemandem hier im Tempel oder in der Stadt zu sprechen was dich betrifft, um das Gleichgewicht von Zukunft, Gegenwart und Vergangenheit nicht zu gefährden!"

„Ich verspreche es", sagte Aziz bestimmt und nickte. „Ich möchte nicht schuld daran sein, dass die Zukunft sich ändert oder andere schlimme Dinge passieren. Abgesehen davon habe ich Angst vor euren Brüdern", gab Aziz zu.

„Keine Sorge, sie werden dir nichts tun", lachte die Göttin. „Sobald das alles hier vorbei ist, verspreche ich dir, dich wieder in deine Zeit zurückzubringen. Ich finde eine Möglichkeit. Und jetzt ruh dich etwas aus!"

Bevor Aziz etwas erwidern konnte, war Vishnu aus seinem Zimmer verschwunden und er war wieder alleine. Aziz lehnte sich zurück und starrte zur goldbestückten Wanddecke. Er dachte an seine Familie. Ob es ihnen gut ging? Bestimmt machten sie sich bereits Sorgen um ihn. Er vermisste das leckere Essen und das Lachen seiner Mutter, seinen Vater, der immer alles im Haus sofort reparierte und sogar seine nervige kleine Schwester. Auch sein kleiner Bruder, der immer zu ihm aufsah, fehlte ihm. Aziz kullerten ein paar Tränen über die Wange. Was, wenn die Göttin ihr Versprechen nicht halten könnte? Wenn es kein Zurück für ihn gab?

ASHURA

Mehrere Tage waren vergangen, seit das Steinwesen die Stadt angegriffen hatte. In der Zwischenzeit hatte Vishnu eine große Versammlung einberufen, um auf weitere Angriffe vorbereitet zu sein. Sie hatte alle verfügbaren Krieger mobilisiert und war fest entschlossen, dem schwarz-weißen Mann die Stirn zu bieten.

Aziz traf im großen Saal auf die Göttin. „Ich will euch zur Seite stehen, Vishnu. Während ich hier bin, möchte ich nicht nur nutzlos herumstehen. Bitte bringt mir das Kämpfen bei!"

Vishnu lächelte. „Dieser Wunsch sei dir gewährt. Es macht mich glücklich, dich an meiner Seite zu haben. Zwei meiner Brüder werden dir so gut und so schnell wie möglich die Kunst des Chaya beibringen. Aber ich warne dich: Sie sind Krieger und werden auch dir gegenüber keine Gnade zeigen."

„Chaya?" Aziz schaute die Göttin fragend an.

„So nennen die Brüder ihre Kampfkunst", erklärte Vishnu und fuhr fort. „Ashura und Lackman werden dich trainieren. Normalerweise weichen sie nie von meiner Seite, aber ich denke, dass wir unter diesen Umständen eine Ausnahme machen können."

„Danke Göttin!", antworte Aziz und verließ den Saal.

*

Die Sonne war noch nicht am Horizont erschienen, als es an Aziz' Zimmertür klopfte. Noch nicht ganz angezogen öffnete er, halb schlaftrunken, um dem Klopfen ein Ende zu bereiten.

„Ja, ja, ich komme schon!", sagte Aziz gereizt. Vor ihm stand Lackman und befahl ihm per Handzeichen, ihm zu folgen. Aziz zog sich schnell an und tat wie ihm geheißen. Sie schritten die Treppen hinunter bis in den Hinterhof des Tempels. Dort angekommen traute Aziz seinen Augen nicht. Riesige Elefanten, gerüstet mit goldenen Rückenpanzern, die Platz für mehrere Menschen boten, ruhten friedlich im Stroh. Aziz sah mehrere Krieger, die Waffen schmiedeten. Man konnte regelrecht spüren, wie das Volk und die Menschen in Kerala in Aufruhr waren. Jeder wollte helfen, alle kannten die alten Geschichten des schwarz-weißen Mannes. Aziz beobachtete das Treiben und ließ seinen Blick über die Menge wandern. Da bemerkte er einige Menschen, die vor einer riesigen Grube standen, die voll mit Schlangen jeglicher Art war.

„Wo kommen all diese Schlangen her?", fragte er einen Bürger.

„Wir verbrennen sie", sagte er entschlossen und wandte Aziz den Rücken zu.

Aziz beobachtete entsetzt, wie Öl über die Schlangen gegossen und eine Fackel in die Grube geworfen wurde. Da erinnerte er sich an etwas, was die Göttin ihm erzählt hatte. Der schwarz-weiße Mann kann Schlangen kontrollieren!

Langsam blitzten erste Sonnenstrahlen am Horizont auf. Aziz starrte in die lodernden Flammen, als ihn plötzlich eine Hand von hinten aus der Menschenmenge herauszog. Es war Lackman. Aziz wusste, sie müssen weiter.

Weit weg vom Tempel kamen sie an einer kleinen Gebetsstätte an. Dort wartete Ashura bereits auf sie. Mehrere Waffen lagen vor ihm ausgebreitet auf einem kleinen Tisch.

Ashura zeigte auf die Waffen und danach auf Aziz. Dieser verstand und trat vor den Tisch. Dort lagen verschiedene Hammer, Halbmondklingen, wie sie die Brüder trugen, eine Kettenpeitsche mit spitzen Zacken, Lang- und Doppelschwerter, Speere, Pfeil und Bogen und viele andere Waffen, die Aziz nicht richtig zuordnen konnte.

Er griff nach einem einfachen Schwert. Noch nie zuvor hatte er so etwas in den Händen gehalten. Ashura bedeutete ihm, es hochzuheben.

„Es ist schwer", ächzte Aziz, der solche Schwerter bisher nur aus Filmen kannte.

Noch bevor er es richtig angehoben hatte, schlug Ashura mit seiner Halbmondklinge gegen das Schwert und es fiel sofort zu Boden.

„Ich war noch nicht bereit", entschuldigte sich Aziz.

Ashura nahm seinen Zeigefinger und hielt ihn vor seinen Mund. Aziz verstand. Er beschloss, sich etwas Leichteres zu nehmen und griff nach Pfeil und Bogen. Ashura entfernte sich ein paar Schritte und bedeutete ihm zu schießen.

„Du bist keine 10 Meter von mir entfernt. So kannst du doch nicht ausweichen!", erwiderte Aziz und legte einen Pfeil in seinen Bogen. „Geh ein bisschen weiter weg!"

Ashuras Augen verengten sich und Aziz schwieg. Er schloss die Augen, spannte die Sehne, zielte und schloss die Augen. Dann ließ er los. Als er langsam die Augen öffnete, um nach Ashura zu sehen, war dieser nicht mehr da. Stattdessen spürte er von hinten eine Klinge an seinem Hals. Aziz erstarrte. Wie war Ashura soll schnell hinter ihn gekommen?

Als Ashura sich erneut einige Meter entfernt positioniert hatte, beschloss Aziz, diesmal mit offenen Augen zu schießen. Er spannte seinen Pfeil und fokussierte Ashura diesmal genau. Als er den Pfeil losließ, traute er seinen Augen kaum. Ashura war wie ein Schatten, der sich in Sekundenschnelle bewegte und dem Pfeil auswich. Einen Atemzug später stand er wieder hinter Aziz.

„Wie ist das möglich?", fragte Aziz. „Es ist, als würde ich mich in Zeitlupe bewegen."

Ashura schüttelte den Kopf und bedeutete ihm erneut zu schweigen. Dann zeigte er auf den Boden und kniete sich hin. Mit einem kleinen Stock zeichnete er Strichmännchen in die Erde, zwei nebeneinander. Er zeigte mit seinem Finger auf den rechten und dann auf sich selbst. Dann zeigte er auf das andere Männchen und auf seinen Schatten. Als nächstes zeichnete er über den Köpfen der Strichmännchen einen Pfeil nach rechts und einen Pfeil unter ihren Füßen, der nach links zeigte. Um das gesamte Bild machte er einen Kreis. Aziz schüttelte den Kopf. Er verstand nicht. Ashura stand auf und schaute zu Lackman. Dann machte er sich auf den Rückweg zum Tempel.

Lackman stand nun vor Aziz und zeigte wie Ashura auf die Waffen. Aziz entschied sich diesmal für die zwei Halbmondklingen, so wie auch die Brüder sie trugen. Lackman legte Aziz die Klingen in die Hände und bedeutete ihm, sie fest zu umschließen. Er übte mit ihm zunächst das Schwingen und Halten der Klingen, ehe Aziz damit kämpfen sollte.

Nach einigen Stunden ließ Aziz sich erschöpft zu Boden fallen. Er war völlig durchgeschwitzt und die Hitze machte ihm zu schaffen. Er legte die Klingen neben sich. „Ich brauche eine Pause, Lackman! Lass mich nur etwas trinken und mich ein bisschen ausruhen."

Aziz ging zu dem Eimer, der neben den Waffen stand und schöpfte eine Hand voll Wasser daraus. Gerade als er daraus trinken wollte, schlug Lackman auf seine Hände und das Wasser versickerte im Boden.

„Was soll das?", fragte Aziz aufgebracht. Lackman sah ihn böse mit seinen schwarzen Augen an, doch Aziz kümmerte sich nicht darum. Er bediente sich erneut am Wasser. Lackman holte aus und stieß ihn kräftig mit den Füßen, sodass Aziz im Dreck landete. Dann nahm er den Eimer und schüttete das Wasser zu Boden.

„Warum machst du das? Ich verdurste und bis zum Tempel

ist es ein weiter Weg!", schrie Aziz. Er wollte sich auf den Rückweg machen, doch Lackman versperrte ihm den Weg.

„Lass mich durch! Ich scheiß' auf euer Training!" Aziz versuchte, an Lackman vorbeizukommen, doch dieser zog seine Klingen und hielt sie Aziz vor sein Gesicht.

„Was willst du? Schlitzt du mich jetzt auf", schrie er seinen Lehrer an. Lackman nickte nur, doch Aziz versuchte es erneut, bis er einen stechenden Schmerz in der Brust spürte.

„Aaahhh, spinnst du? Du hast mir in die Brust geschnitten! Ich blute!" Aziz wand sich vor Schmerzen und Lackman warf ihm ein Tuch zu. Dann kniete er sich vor ihm hin und hielt seinen Zeigefinger an den Mund.

Aziz biss die Zähne zusammen und schnürte das Tuch fest um seine Brust. Er wusste nun, was Vishnu gemeint hatte. Ihre Brüder waren tatsächlich alles andere als zimperlich.

Als Aziz sich gerade wieder aufgerichtet hatte, stand Ashura mit einem kahlköpfigen Mann vor ihm, dessen Kleidung einer Mönchskutte glich.

„Ich bin hier, um für dich zu übersetzen und dir die Zeichensprache der Brüder zu lehren", sagte der Fremde.

„Das ist dringend nötig! Ich verstehe die beiden kein bisschen", antwortete Aziz.

„Mein Name ist Vashu und ich bin der Onkel von Vishnu und ihren Brüdern. Normalerweise bewache ich die Kammern des Tempels, aber ich habe Anweisung von Vishnu erhalten, dich zu unterrichten.

„Ich freue mich, Euch... Ahhhh!" Ehe Aziz zu Ende sprechen konnte, trat Ashura ihm von hinten in die Beine, sodass er zu Boden fiel.

„Aziz, als erstes solltest du das Sprechen einstellen, wenn du mit den Brüdern zusammen bist. Der Einzige, der während des Trainings sprechen darf, bin ich!" Der Mönch machte eine kurze Pause. „Die Brüder trainieren die Kampfkünste schon ihr ganzes Leben. Du musst auf der Hut sein, wenn du dich mit ihnen messen willst."

Aziz schwieg. Er griff zur Armklinge und positionierte sich mit ernstem Blick vor Ashura.

*

Währenddessen bereitete die Göttin sich auf das Treffen mit den Königen der umliegenden Länder vor. Die fünf Regenten der Nachbarländer würden in den nächsten Tagen eintreffen. Vishnu wusste, dass der schwarz-weiße Mann sich schon bald zeigen würde. Obwohl Vishnu wusste, dass mehrere Länder ihr zu Hilfe eilten, verspürte sie das erste Mal in ihrem Leben Angst.

Mehrere Tage gingen ins Land und ein König nach dem anderen traf in Kerala ein. Aziz' Training mit Ashura und Lackman zeigte langsam Fortschritte. Sein Körper hatte sich verändert und mehrere Schnittwunden hatten deutliche Narben hinterlassen. Doch Aziz wurde selbstbewusster.

Während Aziz mit Lackman trainierte, traf ein Krieger ein

und wandte sich an Vashu. Dieser ging zu Ashura und sprach etwas in der Zeichensprache, die Aziz nicht verstand.

„Genug für heute, Aziz!", befahl Vashu und drehte sich wieder zu Ashura.

„Aber wir haben doch gerade erst angefangen!"

„Einer der Könige ist samt Armee auf seiner Reise verschwunden. Alle anderen Könige sind bereits eingetroffen und warten im Tempel."

*

Nachdem Aziz sich gebadet und umgezogen hatte, betrat er den großen Versammlungs Saal. An der langen Tafel saßen bereits vier Könige und unterhielten sich aufgebracht. Als Aziz durch die Tür trat, stellten sie ihre Gespräche ein und blickten ihn erwartungsvoll an. Aziz nahm am Kopf des Tisches Platz und schaute auf die Göttin, die langsam die Treppen herunterschritt. Alle Könige und auch Aziz erhoben sich und senkten ihre Köpfe.

„Nehmt Platz", befahl Vishnu und setzte sich gegenüber von Aziz an die Tafel. „Zunächst möchte ich euch mit Aziz bekannt machen!

Rechts neben der Göttin erhob sich einer der Regenten. „Ich bin König Bangkoa aus dem Gebiet Bangalore", machte er den Anfang.

Ein weiterer König stand auf und stellte sich ebenfalls vor: „Ich bin König Kochi aus dem Gebiet Madurai!"

„Mein Name ist Nadu und ich bin der König aus dem Gebiet Tamil", folgte der Dritte.

Der letzte König in der Runde tat es seinen Vorrednern gleich und sprach: Ich bin König Panna aus dem Gebiet Goa."

Aziz nickte den Königen freundlich zu.

„Leider ist König Taka aus dem Gebiet Kerna bisher nicht bei uns eingetroffen", ergriff Vishnu erneut das Wort. „Hat jemand eine Nachricht von ihm erhalten?"

Alle Könige schüttelten die Köpfe.

„Ich habe bereits einen Suchtrupp losgeschickt", erklärte die Göttin. „Wenn er noch am Leben ist, wird meine Armee ihn finden. Trotz dieser Umstände müssen wir beginnen, uns auf den Angriff, der uns schon bald bevorsteht, vorzubereiten. Gibt es irgendwelche Vorschläge, wie wir unseren Feind bezwingen und als Sieger aus dem Kampf hervorgehen können?"

König Bangkoa erhob sich: „Wir müssen im Verborgenen agieren und für einen Überraschungsschlag sorgen."

„Wir müssen Feuer mit Wasser bekämpfen!", sprach König Panna dazwischen.

König Kochi stand auf und sagte: „Das Wichtigste ist, dass wir sofort angreifen, noch bevor der schwarz-weiße Mann seinen ersten Zug macht. Nur so haben wir den Überraschungseffekt auf unserer Seite."

„Wir müssen unser Volk schützen und so viele Fallen wie möglich um den Tempel positionieren, um Angreifer fernzuhalten", warf König Nandu ein und schlug mit der

Faust auf den Tisch.

Die Göttin hob ihren Arm, woraufhin die Diskussion erstarb. „Alle Eure Vorschläge sind gut und wir werden versuchen, sie umzusetzen. Jedoch habt Ihr nicht gesehen, was wir gesehen haben. Wenn ein einzelnes Steinwesen bereits so viele Krieger ausschalten kann, was erwartet uns wohl bei einer ganzen Armee? Noch dazu wissen wir nichts über den Gott des Todes! Was will er und wie mächtig ist seine Armee bereits?"

Während in Saal ein wildes Wortgefecht seinen Lauf nahm, hatte Aziz alles ausgeblendet. Es kam ihm vor, als drehe sich die Welt um ihn herum langsamer, wie in Zeitlupe. Er spürte einen kalten Windzug in seinem Nacken und drehte sich langsam in die Richtung, aus der er ihn vermutete. Irgendetwas zog Aziz zum Fenster. Die Göttin und die Könige bemerkten nicht, wie Aziz aufstand und langsam die Tafel verließ.

„Meine Göttin! Meine Göttin, Vishnu!", schrie er und zeigte auf das Fenster. „Es nähert sich ein Reiter!"

Die Göttin und die Könige stürmten zu den Fenstern und blickten hinaus. Unten im Hof nahmen zwei Krieger den Reiter in Empfang, doch als das Pferd stoppte, sackte der Mann im Sattel plötzlich zusammen. Einer der Krieger zog ihn hinunter und legte ihn auf den Boden und betrachtete still seine Brust, auf der etwas eingeritzt war. „Gebt mir das Leben des Feuers und ich lasse euch alle am Leben!"

Vishnu war in der Zeit im Hof angekommen und presste die

Hände vor den Mund. Sie betrachtete leise die Worte, die auf der Haut des leblosen Königs Tata brannten.

„Wie konnte das passieren?", fragte einer der Könige. „König Tata hat die größte Armee von uns allen!"

Aziz schaute zu Göttin, die mit verzerrtem Blick auf die Leiche starrte. Wortlos wandte sie sich ab und verschwand mit ihren Brüdern im Tempel.

Aziz eilte hinter ihr her. „Göttin Vishnu!", rief er. „Wartet auf mich!"

„Aziz, ich muss etwas nachsehen. Begleite mich!", sagte sie, ohne ihren Schritt zu verlangsamen.

Sie gingen hinunter in den Tempel, wo der Priester Vashu vor dem Eingang zu den sechs Kammern wartete. „Aziz hat hier nichts zu suchen, meine Göttin!", sagte er leise.

„Schon in Ordnung, Vashu! In Anbetracht unserer derzeitigen Situation setze ich einige Regeln aus."

Vashu funkelte Aziz böse an, während sie an den ersten fünf Kammern vorbeischritten. Eine kleine Treppe führte sie weiter ins Innere des Tempels, wo sich vor ihnen ein gewaltiges Tor aus Eisenstäben auftat. An den Seiten des Tors befanden sich zwei goldene Elefanten, die sich gegenseitig anschauten.

Vishnu nahm ihre Halskette und zerbrach den Stein, der sich schützend um seinen Inhalt legte. Sie zog einen Schlüssel hervor, mit dem sie das Tor öffnete.

Ein kalter Tunnel, dessen Wände mit grausigen Wandmalereien beschmiert waren, befand sich vor ihnen.

Aziz fiel ein Bild auf, das den schwarz-weißen Mann zeigte, wie er seine Arme um die Königin schloss und sie bekämpfte.

„Darf ich Euch etwas fragen, Göttin?", fragte Aziz vorsichtig. Vishnu nickte. „Wie war der Name Eurer Mutter und wer ist Euer Vater?"

„Man nannte meine Mutter die Göttin des Lebens, da sie von einem auf den anderen Tag plötzlich schwanger wurde. Einen Vater gab es nicht. Sie sagte immer, dass eine Stimme zu ihr sprach, die ihr mitteilte, dass ihre Kinder eine wichtige Rolle im Leben der Menschen spielen werden. Deswegen werden meine Brüder und ich von unserem Volk als Gottheiten angebetet."

Aziz schwieg. Sie gingen an fünf Kammern vorbei bis vor ihnen die sechste Kammer erschien. Es war kein Schloss zu sehen und auch keine Griffe, mit denen man die Tür hätte öffnen können. Nur ein Sitz aus Stein war vor dem Eingang zur Kammer zu sehen. Zwei gegenüberstehende Schlangendrachen waren in die Tür gemeißelt. Rechts und links befanden sich zwei weitere Schlangengesichter, deren Blicke genau auf den Sitz gerichtet waren.

„Zum Glück ist hier noch alles so, wie es sein soll. Bereits als Kind wurde mir diese Aufgabe übertragen", erklärte Vishnu. „Mir wurde befohlen, die Kammer zu bewachen und vor Eindringlingen zu schützen. Ich weiß nicht, was sich hinter dieser Tür verbirgt. Selbst meine Mutter wusste es nicht. Nur ein Mensch, der das Garura Manta beherrscht, kann die

Tür zur sechsten Kammer öffnen. Es sind bereits viele Menschen beim Versuch sie zu öffnen auf diesem Sitz zu Staub zerfallen. Ich habe es mit eigenen Augen gesehen. Einer meiner Priester war gierig und versuchte, in die Kammer zu gelangen, doch die beiden Schlangen leuchteten feuerrot und plötzlich wurde der Priester zu Staub.Seid dem wurden die Tore zu den Kammern nicht mehr geöffnet"
Vishnu atmete tief durch. „Ich weiß nicht, welche Macht der schwarz-weiße Mann besitzt, aber ich denke, selbst ihm wird der Zutritt verweigert. Wir wissen nicht, was uns hinter der Tür erwartet, aber der goldene Tempel wurde nur wegen dieser Kammer errichtet. Sie hütet eine Macht, für die wir noch nicht bereit sind. Meine Mutter wusste das."
„Was ist das Garura Manta?", fragte Aziz.
„Ich kann dir nur das sagen, was mir als Kind erzählt wurde", begann Vishnu. „Angeblich hört, sieht, schmeckt, riecht und fühlt man alle Gefühle der Welt zur gleichen Zeit, während man der Kammer das Lied der Erde vorsingt. Die Schlangendrachen blicken in dein Herz. Sie alleine entscheiden, ob du die Kammer betreten darfst."
„Also muss man nur ein reines Herz haben?"
„So einfach ist es nicht. Selbst wenn du ein guter Mensch bist, heißt das nicht, dass du würdig bist, die Kammer zu betreten. Ich weiß nur, dass wir den Inhalt der Kammer beschützen müssen, was auch immer darin verborgen ist."
Aziz nickte.
„Nun denn, wir müssen dein Training etwas beschleunigen,

Aziz. Du wirst ab sofort hier unten trainieren. Es gibt einen Trainingsraum, den meine Brüder nutzen. Allerdings brauche ich Ashura und Lackman an meiner Seite. Meine anderen Brüder übernehmen das Training."

„Ok, lasst mich schnell meine Trainingshosen anziehen. In diesen Sachen kann ich nicht trainieren", sagte Aziz.

„Da wo du jetzt hingehst, benötigst du keine Kleidung", erwiderte die Göttin und lächelte.

Aziz blieb mit Adora und Nashiri in den Gewölben des Tempels zurück, während die anderen sich auf den Weg zurück nach oben machten. Er folgte den Brüdern still durch die Gänge, bis sie in einem verborgenen Raum, tief im Inneren des Tempels angekommen waren.

Währenddessen bestellte die Königin Ashura in den Tempelgarten, um ihre Nrigaraties, die 300 Tiger, die im Tiergarten der Göttin gehalten wurden, zum Tempel zu führen. Ihr Bruder würde zwei Tagesritte unterwegs sein. Das erste Mal in ihrem Leben war die Göttin unter dem Schutz von nur einem ihrer Brüder.

Traurig blickte sie aus dem Fenster und sah, wie Ashura in der Ferne verschwand.

Ein wildes Klopfen riss sie aus ihren Gedanken und einer ihrer Krieger stürmte aufgebracht ins Zimmer. „Meine Göttin, ich bitte Euch um Verzeihung, aber Ihr müsst so schnell wie möglich mit mir in den Hof kommen. Die zwei Krieger, die den Leichnam trugen... Mit ihnen ist etwas Schreckliches passiert. Das müsst Ihr Euch ansehen."

Die vier Könige waren bereits im Hof versammelt, als Vishnu eintraf. Sie machten der Göttin Platz und gaben den Blick auf die beiden Krieger frei, deren Körper über und über mit kleinen Blasen übersät waren. Sie krümmten sich vor Schmerzen und wimmerten leise.

„Habt Ihr so etwas schon einmal gesehen?" König Kochi sah die Göttin fragend an.

„Was ist mit ihnen passiert?", fragte Vishnu.

„Wir wissen es nicht, meine Göttin", antwortete König Bangkoa. „Wir wissen nur, dass diese beiden Krieger den Leichnam des Königs trugen." Er zog sein Schwert. „Da bewegt sich etwas in den Bläschen!", rief er und stellte sich schützend vor die Göttin. Er stach in eine der Blasen, die sofort zerplatzte. Eine winzige Schlange kroch aus ihr hervor. Sie richtete ihren Blick auf Vishnu und sprang ihr mit einem Satz ins Gesicht. Doch bevor die Schlange ihr Ziel erreichen konnte, hatte Lackman sie blitzschnell mit einem Hieb seiner Klinge in zwei Hälften geteilt.

„Alle sofort zurück in den Tempel!", befahl Vishnu. „Lackman, befreie die Krieger von ihrem Leiden und brenn die Scheune nieder!"

Lackman durchtrennte sofort blitzartig die Kehlen der Krieger, bevor er eine Fackel von der Wand nahm und an das morsche Holz der Scheune hielt. Im Nu loderten die Flammen und fraßen alles auf, was sich ihnen in den Weg stellte.

„Von nun an müssen wir auf der Hut sein. Allem Anschein

nach ist der schwarz-weiße Mann nicht nur böse, sondern auch schlau, was ihn noch gefährlicher macht." Vishnu wandte sich ab und ging zum Tempel. „Holt mir meinen Onkel in den Saal! Könige, auch ihr begleitet mich. Wir müssen sofort handeln!"

*

Währenddessen waren Aziz, Adora und Nashiri am Trainingsplatz der vier Brüder angekommen. Es war eine riesige Höhle, die sich unter der ersten Kammer verbarg. Die Wände waren mit Pfeil und Bogen behangen und an der Decke ragten spitze Steine hervor, die aussahen, als müssten sie jeden Moment herunterfallen. Der Boden war ein endloses Nichts, aus dem mehrere hohe Steine hervorragten, die gerade einmal Platz für zwei Füße boten. Aziz schluckte. Hier sollte er trainieren?
Als hätten sie seine Gedanken gelesen, funkelten die beiden Brüder ihn böse an. Adora stellte sich vor ihn, zeigte mit dem Zeige- und Mittelfinger auf Aziz' Augen und richtete die Finger dann auf seine eigenen Augen. Er sprang auf den ersten Stein. Plötzlich bebte die Kammer und von den Wänden schossen Pfeile in alle Richtungen. Mit einer Behändigkeit, die sich Aziz' Blickfeld entzog, lief er von Stein zu Stein, wich den Pfeilen aus und zerteilte einen von der Decke fallenden Stein. Dann stand er wieder vor Aziz und bedeutete ihm, dass er nun an der Reihe war.

Adora öffnete seinen Brustpanzer. Hervor kam ein Glasstein, der eine schwarze Schlange enthielt. Aziz glaubte, dass es sich um die Schlange handeln musste, von der Adora damals gebissen wurde. Aus ihnen bezogen die Brüder also ihre Kraft!

Er erblickte einen weiteren Glasstein auf der anderen Seite. Das musste die Schlange sein, die der Onkel damals getötet hatte. Aziz verstand. Diese Schlange war für ihn gedacht.

„Das meinte die Göttin, als sie sagte, mein Training soll beschleunigt werden." Aziz nahm all seinen Mut zusammen. „Gut, ich werde es versuchen!"

Er zählte die Steine, die aus dem Boden ragten. Zwanzig Stück! Und jeder von ihnen würde eine Falle aktivieren! Aziz nahm die Arme nach hinten und sprang auf den ersten Stein. Er schaffte es, die Pfeile abzuwehren, doch der Stein von der Decke verfehlte ihn nur um Haaresbreite. Aziz sprang wieder zurück zu Adora und Nashiri, die im Lotussitz vor ihm saßen und ihn reglos anstarrten. Er rappelte sich auf und dachte an das Training mit Ashura und Lackman.

„Es muss doch möglich sein, auf die andere Seite zu kommen!" Aziz ballte die Hände zu Fäusten. „Die vier haben es auch schon hunderte Male geschafft!", sagte er zu sich selbst. Er nahm all seinen Mut zusammen und sprang los. Diesmal hatte er mehr Erfolg. Er wehrte die Pfeile ab und zerschnitt sogar den Stein, der von der Decke fiel. Adora und Nashiri lösten sich aus ihrem Lotussitz und erhoben sich. Aziz dachte an die Göttin, die er nicht enttäuschen wollte und arbeitete sich langsam vorwärts. Stein für Stein bewältigte er, wich den Pfeilen aus und wehrte die Steine ab. Er war am Ende seiner Kräfte und mit Schürfwunden übersät, als er sich dem letzten Stein näherte. Er duckte sich und die Pfeile schossen über ihn hinweg. Er blickte nach oben, doch es war zu spät. Einer der Steine hatte sich gelöst und schoss auf ihn zu. Aziz schloss die Augen. Nun würde er sterben. Ashura und Nashiri waren zu weit weg, um ihm Hilfe zu leisten.

„Aziz! Aziz! Bitte hilf mir!", hörte er die traurige Stimme, die er nun schon so lange nicht mehr vernommen hatte. Aziz erschrak und öffnete seine Augen. Blitzschnell zerteilte er den Stein, der auf ihn zuraste in zwei Hälften.

„Wer bist du?", schrie er in die Stille der Höhle.

Die Brüder schauten ihn entgeistert an. Aziz hatte es geschafft und selbst den letzten Stein zerschlagen. Nun stand er vor dem Glasstein, in dessen Innerem die tote Schlange ruhte. Mit letzter Kraft streckte er die Hand aus, doch dann verschwamm die Höhle vor seinen Augen und alles wurde dunkel.

Einige Zeit später befand er sich in seinem Zimmer. Er betrachtete seine Arme, die über und über mit Schnitten überzogen waren. Auch seine Brust schmerzte. Er tastete eine Kette, die um seinen Hals gelegt war und nahm den Anhänger in die Hand. Es war der Glasstein mit der schwarzen Schlange! Adora und Nashiri betraten sein Zimmer und verbeugten sich. Aziz war nun ein Krieger.

DIE KRAFT DER GÖTTIN

Während Aziz sich von dem harten Training erholte, schmiedete Vishnu mit ihrem Onkel und den Königen bereits erste Pläne.

„Ich möchte, dass jeder Bewohner der Stadt Kerala eine Waffe erhält, egal ob alt oder jung, Mann oder Frau. Jeder soll entsprechend seiner Begabung mit Pfeil und Bogen, Schwertern oder Speeren ausgerüstet werden." Vishnu blickte in die Runde.

„Aber meine Göttin, Ihr könnt doch keine Kinder und Frauen oder Greise wie mich in den Krieg schicken", gab Vashu zu bedenken.

„Wenn ihr dafür nicht gemacht seid, könnt Ihr Euch gleich die Kehle durchschneiden!", sagte Vishnu kühl. „Sollten wir diesen Krieg verlieren, gibt es keinen Ort auf dieser Erde, an dem Ihr noch sicher seid."

„Unsere Göttin hat Recht." König Bangkoa schlug mit der Faust auf den Tisch. „Ihr habt gesehen, zu was der schwarzweiße Mann fähig ist. Ich pflichte Vishnu bei und werde jeden aus meinem Volk hierherrufen lassen, um an ihrer Seite zu kämpfen."

Die anderen Könige stimmten zu, nur Vashu verzog das Gesicht.

Adora und Nashiri betraten den großen Saal. „Wie lief das Training?", wollte die Göttin wissen. Adora nickte.

„Gut, dann wird es nun Zeit, unsere Vorkehrungen zu treffen und den Tempel sowie die Armee in Bereitschaft zu setzen. Morgen trifft Ashura mit meinen Nrigaraties ein. Bereitet

Euch vor. Viel Zeit bleibt uns nicht mehr! König Bangkoa, Ihr übernehmt die südliche Seite. Ich stelle Euch 75 meiner Tiger und 25 Elefanten zur Seite." Bangkoa nickte der Göttin ernst zu.

„König Panna, Ihr ehrhaltet ebenso viele Tiger und Elefanten, um die östliche Seite zu verteidigen und König Kochi, Ihr kämpft an der westlichen Front. König Nadu, für Euch und Eure Armee habe ich den Norden vorgesehen. Jeweils einer meiner Brüder wird Euch im Kampf zur Seite stehen."

Alle redeten wild durcheinander. Vashu ergriff das Wort und wandte sich an die Göttin: „Nein, das dürft Ihr nicht, Ihr dürft nicht alleine sein, meine Göttin!", flehte er.

Auch die drei Brüder blickten entgeistert zu ihrer Schwester.

„Lackman, ich weiß, dass ihr es versprochen habt, aber es geht nicht anders", versuchte Vishnu ihren Bruder zu beruhigen. „Außerdem habe ich Aziz an meiner Seite."

Vashu wollte gerade erneut ansetzen, als die Göttin ihm zuvorkam: „Nun gut, das Gespräch ist zu Ende. Jetzt ruht Euch aus, damit Ihr alle für den Kampf gewappnet seid!"

„Meine Göttin, gestattet mir eine letzte Frage!", sagte Vashu.

„Aber macht schnell. Auch ich muss mich auf den bevorstehenden Kampf vorbereiten", erklärte Vishnu.

„Was ist an dem Jungen so besonders, dass Ihr ihm Euer Leben anvertraut?"

„Er wird eine wichtige Rolle im Kampf gegen den schwarz-weißen Mann einnehmen. Ich kann es nicht genau in Worte fassen, aber ich glaube an ihn und das solltet Ihr auch! Vertraut mir!" Damit beendete Vishnu die Unterhaltung und verschwand.

*

Alleine und noch angeschlagen von dem harten Training betrachtete Aziz den Stein, der um seinen Hals hing.
„Du bist also die Schlange, die versucht hat, Vishnu zu töten."
Aziz drehte den Glasstein in seinen Händen. Je tiefer er in die Augen der Schlange sah, desto mehr zog sie ihn in ihren Bann.
„Kommmmmmm zzzzuuuu miiiiirrrrrrrrr, mein Kind!", hörte er eine Stimme.
Aziz erschrak.
„Azzziiizzz, kommmmm zzzzuuuu mirrrr!" Aziz' Augen wurden immer schwerer und er kämpfte gegen die Müdigkeit an, die ihn übermannte.
Plötzlich war die flehende Stimme wieder da, die ihn um Hilfe bat. „Hilf mir! Hilf mir!" Aziz spürte eine Wärme, die in jeden Punkt seines Körpers strömte. Er war nicht fähig, sich zu bewegen und hörte nur immer wieder diese Stimme.
„Aziz! Aziz, wach auf!", hörte er jemanden sagen. Er wurde an der Schulter gepackt und kräftig geschüttelt. „Los, wach auf, Aziz!"
„Was ist passiert?", fragte Aziz und rieb sich die Augen. Vor

ihm stand Vishnu, die ihn besorgt anschaute.

„Warum lebt die Schlange in deinem Glasstein?"

Aziz nahm seinen Anhänger und betrachtete ihn. Vishnu hatte Recht. Die Schlange bewegte sich. „Ich weiß es nicht!?", antwortete er wahrheitsgemäß. „Ich habe plötzlich so eine zischende Stimme gehört und dann ist plötzlich alles um mich herum verschwommen. Dann hörte ich diese andere Stimme, die bereits in meiner Kindheit zu mir gesprochen hat. Was hat das alles zu bedeuten?"

„Du sprichst in Rätseln, Aziz. Ich weiß nicht, was das zu bedeuten hat und warum die Schlange wieder zum Leben erwacht ist. Dennoch musst du diese Kette immer um den Hals tragen. Versprich es mir!" Vishnu blickte ihn fordernd an.

„Ich kann doch keine lebende Schlange um den Hals tragen, die vom Gott des Todes entsandt wurde, um Euch zu töten!"

„Mach dir keine Sorgen, sie kann nicht heraus. Diese Glassteine habe ich selbst erschaffen. Sie schützen ihren Inhalt und lassen ihn niemals hinaus. Außerdem trägst du den Anhänger nur so lange, bis der schwarz-weiße Mann besiegt und der Krieg beendet ist."

„Wie habt Ihr diesen Glasstein erschaffen?", fragte Aziz und betrachtete seinen Anhänger.

„Ich habe dir doch erzählt, dass ich zwei Gaben habe: Die eine Gabe ist die Sprache, durch die ich mich mit jedem Menschen auf der Welt unterhalten kann. Die zweite Gabe ist die Kraft des Feuers." Die Göttin öffnete ihre Handfläche und ließ eine kleine Flamme darüber wandern. „Mit ihrer Hilfe habe ich diese Glassteine erschaffen. Wir waren etwa fünf Jahre alt und haben im Sand gespielt. Dabei bin ich gestolpert und wurde so wütend, dass Feuer aus meiner Hand kam und den Sand unter mir zu Glas schmolz." Aziz lauschte gebannt den Worten Vishnus. „Damals waren meine Brüder sehr geschwächt", fuhr sie fort. „Der Biss der Saamps machte sie krank. Also habe ich aus meinem Bauchgefühl, die Schlangen in Glas eingeschmolzen und sie in die Brust meiner Brüder eingepflanzt, da sie kurz davor waren, zu sterben. Durch die Schlangen erlangten meine Brüder nicht nur ihre ursprünglichen Kräfte zurück, sondern wurden auch noch um Einiges stärker."

Aziz dachte nach. „Also gut, Ihr vertraut mir, also vertraue ich euch auch", sprach er und legte die Kette mit dem lebendigen Stein um seinen Hals. Als der Glasstein jedoch seine Brust berührte, flackerten seine Augen schwarz auf. Lackman, Adora und Nashiri zogen sofort ihre Klingen, woraufhin Aziz erschrocken zurückwich.

„Was soll das?", fragte er entsetzt. Seine Augen waren nun wieder normal. Die Göttin hob ihre Hand und die Brüder zogen die Klingen wieder ein. Bewusst verschwieg Vishnu ihrem Schützling, was gerade geschehen war.

„Wenn du dich wieder fit fühlst, erwarte ich dich im großen Saal", sagte sie und verließ das Zimmer.

Vor der Tür befahl die Göttin ihren Brüden, niemandem von dem Vorfall zu erzählen und machte sich auf den Weg in den

Saal, um sich auf die Ankunft von Ashura und ihren Tigern vorzubereiten.

Als sie aus dem Fenster in die Ferne blickte, sah sie eine riesige Staubwolke am Horizont, die sich langsam näherte. Bei genauerem Hinsehen erkannte sie einen Reiter, der die Staubwolke anführte. Ashura! Gottseidank! Ihr Bruder hatte es geschafft und die 300 Tiger sicher nach Kerala geführt. Währenddessen richtete Aziz sich in seinem Bett auf und schwang die Beine hinaus. Er spürte plötzlich eine Kraft durch seinen Körper strömen, die er noch nie zuvor gespürt hatte. Blitzschnell zog er sich an und eilte aus der Tür. Ihm kam es vor, als drehte sich die Welt in Zeitlupe und er staunte über seine eigene Geschwindigkeit.

Als er seine Tür hinter sich geschlossen hatte, liefen mehrere Krieger schnell an ihm vorbei.

„Was ist passiert?", schrie er ihnen hinterher.

„Ashura wurde verletzt", antworte einer von ihnen und eilte weiter.

Aziz stürmte die Treppen hinunter. Unten im Hof hatten sich alle um den verletzten Bruder versammelt, hinter ihm 300 Tiger! Alle waren in Aufruhr, während Ashura in seiner Zeichensprache mit Vishnu kommunizierte.

„Was ist mit ihm?", richtete sich Aziz an Vashu, der neben ihm stand.

„Ashura sagt, im Tiergarten sei er auf einen Menschen mit schwarzen Augen getroffen. Er habe ihn verfolgt und sah eine gewaltige Armee lebloser Seelen, alle mit schwarzen

Augen. Sie waren gerade dabei, ein Steinwesen zu erschaffen, 10 Mal so groß, wie das, was uns angegriffen hat. Als Ashura sich zurückzog, wurde er von einigen der leblosen Krieger eingekesselt und bekämpft. Sie haben ihm schlimme Wunden zugefügt, doch er konnte mit letzter Kraft fliehen."

Aziz blickte entsetzt zu Ashura.

„Wie viele sind es?", fragte die Göttin.

Sie riss die Augen auf und nickte nur. Dann eilte sie, gefolgt von ihren Brüdern, in den Tempel.

„Was ist los, Vashu? Wie viele sind es?", wollte Aziz wissen.

„Es sind über 300 kleine Steinwesen und ein großes. Außerdem eine Armee von über 50.000 lebloser Seelen."

Vashu blickte in die Ferne. „Jetzt kann uns nur noch ein Wunder retten!"

Aziz blickte in den Himmel. Nachdem alle im Tempel verschwunden waren, war es still auf dem Hof geworden. Er dachte an seine Mutter und seine Augen füllten sich mit Tränen.

„Was mache ich nur hier?", fragte er sich, vergrub sein Gesicht in den Händen und saß eine Weile einfach nur da.

„Die Göttin möchte Euch sprechen, mein Herr!", riss eine Stimme ihn aus seinen Gedanken. Aziz blickte in die Augen einer der Wachen.

*

„Gut, dass du da bist, Aziz! Ich brauche dich an meiner Seite", sagte Vishnu, kaum dass Aziz den Saal betreten hatte. „Wir müssen unsere Verteidigung planen."

„Ich an Eurer Seite?", fragte Aziz erschrocken. „Aber – !"

„Ich habe es so entschieden und so wird es gemacht!" Vishnu wirkte entschlossen. „Mein Volk braucht meine Brüder mehr als ich sie brauche." Sie machte eine kurze Pause. „Alle königlichen Armeen zusammen umfassen knapp 25.000 Mann, 300 Nrigaraties und 100 Elefanten. Das Problem ist, dass wir nicht wissen, wann und von wo uns der schwarz-weiße Mann angreifen wird. Wir müssen daher sehr wachsam sein. Sobald jemandem etwas Ungewöhnliches auffällt, schlägt er sofort Alarm!" Vishnu erhob sich. „Und jetzt bitte ich alle, ihre Posten einzunehmen. Der erste Angriff steht unmittelbar bevor."

Alle bis auf Aziz, die Göttin und ihre vier Brüder verließen den Saal. Plötzlich brach Vishnu in Tränen aus.

„Wir werden es schaffen, meine Göttin!", versuchte Aziz sie zu trösten.

„Nein, du verstehst nicht. Ich habe es gesehen. Schon als Kind habe ich es gesehen!"

„Was habt ihr gesehen?" Aziz legte seine Hände auf die Schultern der Göttin.

„Wir alle werden sterben. Ich habe es in meinen Träumen gesehen. Der Einzige, den ich in meinen Träumen nicht gesehen habe, warst du damals!" Vishnu wischte sich die Tränen vom Gesicht. „Nur du fehltest in meinen Visionen.

Daher bist du der einzige Grund, warum ich weitermache. Ich glaube an dich!"

„Dann gebt jetzt nicht auf!" Aziz nahm Vishnu in den Arm und sie erwiderte seine Umarmung. „Wir werden den schwarz-weißen Mann besiegen!"

Die Göttin rappelte sich auf. „Heute Abend werden wir alle noch einmal zusammen speisen. Sollten wir in den nächsten Tagen sterben, dann wenigstens mit vollem Magen!"

Aziz grinste. „Das ist die richtige Einstellung!"

*

Bevor Vishnu in ihr Schlafgemach ging, suchte sie noch einmal ihren Bruder auf, um nach seinen Wunden zu sehen. Sie setzte sich zu ihm ans Bett und betrachtete die offenen und entzündeten Schnitte, die Ashuras Körper überzogen. Ashura blinzelte und schaute seine Schwester an. Er versuchte, sich aufzurichten, doch Vishnu drückte ihn sanft zurück in sein Kissen.

„Mein Bruder, ich werde deine Wunden heilen. Wir brauchen dich im Kampf gegen den schwarz-weißen Mann."

Ashura riss die Augen auf und schüttelte den Kopf.

„Ich weiß, dass es mich viel Kraft kosten wird, aber das Volk braucht dich dringender als mich. Du bist unser stärkster Krieger!"

Ashura schaute seine Schwester an und nickte einmal kurz mit dem Kopf. Daraufhin rieb Vishnu ihre Hände aneinander

und zog sie langsam auseinander. Feuerartige Blitze erschienen zwischen ihren Handflächen und die Augen der Göttin wurden weiß. Sie hielt ihre Hände über Ashuras Wunden, der sich vor Schmerz krümmte. Er biss die Zähne zusammen und stöhnte leise. Nach einiger Zeit ließ Vishnu von ihrem Bruder ab, der zurück ins Kissen sank.
„Geschafft, mein Bruder. Jetzt ruh dich noch etwas aus! Morgen solltest du deine alte Stärke zurückerlangt haben", sagte Vishnu und schlief erschöpft vor dem Bett ihres Bruders ein. Zwischen ihrem goldenen Haar blitzte eine weiße Strähne auf.

*

Währenddessen bereitete der schwarz-weiße Mann seine 50.000 Mann starke Armee auf den ersten Schlag vor. Ohne Schlaf, ohne etwas zu essen oder eine Pause arbeiten seine Männer am großen Paatasaars. Mehrere kleine Truppen wurden ausgesendet, um weitere Menschen zu rekrutieren. Zudem beschwor Jottamadhatu die übrig gebliebenen Schlangen, die sich aus allen Ecken des Landes zu ihm schlängelten. Lächelnd betrachtete er seine Armee und wusste, bald würde es soweit sein.

*

Die Nacht brach herein und Aziz, die Könige und die Göttin

mit ihren Brüdern trafen sich im großen Saal, um zu speisen. Die riesige Tafel war üppig gedeckt, mit Leckereien aus dem ganzen Land und erlesenem Wein.

„Aziz, hast du eine Idee, was wir gegen die Schlangen und seelenlosen Krieger ausrichten können?", fragte König Bangkoa in die Stille hinein.

„Ich muss Euch leider enttäuschen. Darauf weiß ich keine Antwort." Aziz kaute seinen letzten Bissen und schluckte ihn herunter. „Aber ebenso wie Vishnu, die alle Schlangen in der Stadt verbrannte, würde ich auf die Macht des Feuers setzen."

„Also benötigen wir Wasser, um die Paatasaars zu bekämpfen und Feuer für die Saamps", schlussfolgerte König Panna. „Wie soll das zusammenpassen?" Er kratzte sich ratlos am Kinn.

„Dann müssen wir auf das Feuer verzichten. Die Paatasaars sind eine größere Bedrohung als die Saamps", gab König Nadu zu bedenken.

„Das sehe ich nicht so!" Auch König Kochi klinkte sich nun in die Diskussion ein. „Jeder Mensch, der von einer Saamp gebissen wird, wird zu einem seelenlosen Krieger und wechselt somit die Seiten."

„Ich habe mir bereits über dieses Problem den Kopf zerbrochen", sagte Vishnu. „Und ich glaube, ich habe eine Lösung für dieses Problem gefunden. Ich werde 500 Meter vor der Mauer einen Graben ausheben lassen, der die gesamte Stadt umschließt. Dieser wird mit heißem Öl gefüllt sein. Sobald die Armee sich nähert, werden wir einen brennenden Pfeil in die Grube schießen, sodass die Schlangen ihn nicht überqueren können."

„Und was ist mit den Paatasaars?", wollte König Nadu wissen.

„Den Steinwesen macht Feuer nichts aus. Daher benötigen wir einen zweiten Graben innerhalb des ersten, der mit Wasser gefüllt ist. Zusätzlich bauen wir eine Mauer aus Sand, als letzte Hürde, um die leblosen Krieger abzuhalten."
Vishnu nahm einen Schluck aus dem Weinkelch.

Alle im Saal hatten ihre Augen auf sie gerichtet und schwiegen. König Kochi war der Erste, der das Schweigen brach und langsam in die Hände klatschte. Die anderen stiegen schnell mit ein, nur Aziz saß wie versteinert auf seinem Sitz und blickte aus dem Fenster.

„Was ist Aziz? Gefällt dir meine Idee nicht?", frage die Göttin.
„Doch, doch! Die Idee ist gut, aber ich frage mich, ob der schwarz-weiße Mann nicht genau mit so einer Taktik rechnet. Er sah bestimmt durch die Schlangen, wie Ihr die Schlangen in der Stadt verbrannt habt. Und er weiß auch, dass wir sein Steinwesen bekämpft haben."

Die Göttin schaute ihn nachdenklich an und auch die Könige hatten ihren Beifall eingestellt.

„Aber es ist die beste Idee, die wir haben", fuhr Aziz fort.
„Das Wichtigste ist, dass wir dagegenhalten und den Mut nicht verlieren."

Er tauschte einen Blick mit der Göttin aus, die verstanden

hatte. Sie beide waren besorgt, wollten die Zuversicht der Könige aber nicht zerstören.

Der restliche Abend verlief mit lauter Musik, vielen Speisen und Getränken. Mit Gold und Edelsteinen behangene Tänzerinnen sorgten für ausgelassene Stimmung. Ein König nach dem anderen betrank sich und verschwand mit einer oder mehreren Tänzerinnen in seinem Schlafgemach.

„Was ist mit Euch, Göttin? Warum habt Ihr keinen Mann an Eurer Seite?", fragte Aziz, als auch der letzte König verschwunden war und sie alleine im großen Saal zurückgelassen hatte.

„Ich bin eine Göttin, Aziz", sagte sie traurig. „Alle Menschen, die du hier siehst, sind meine Kinder. Es ist mir nicht gestattet, einen Mann an meiner Seite zu haben."

„Habt Ihr nie etwas vermisst?", fragte Aziz und strich der Göttin eine goldene Haarsträhne aus dem Gesicht.

„Wie sollte ich etwas vermissen, das ich nie gehabt habe?"

Vishnus Lächeln stahl Aziz den Atem. Sie nahm vorsichtig seine Hand und legte sie in ihre.

„Habt Ihr keine Angst davor, Euch zu verlieben?"

Die Göttin errötete. „Ich habe mich bereits verliebt", flüsterte sie. „Als ich dich das erste Mal in meinem Traum sah."

Aziz stand auf und trat hinter die Göttin. Er nahm ihr goldenes Haar und küsste sie zärtlich im Nacken. Vishnu drehte sich um und zog Aziz zu sich heran. Mit einer Armbewegung wischte er einige Teller und Kelche vom

Tisch und legte Vishnu darauf. War er wirklich 2000 Jahre in die Vergangenheit gereist, um hier seine wahre Liebe zu finden?

*

Die Nacht verging und Aziz wachte im Zimmer der Göttin auf. Schön wie nie zuvor lag Vishnu neben ihm und schlief. Er küsste sie auf die Stirn und spürte ihre weiche, samtige Haut auf seinen Lippen.

Plötzlich verspürte er einen brennenden Schmerz in seiner Schläfe und presste beide Hände fest an den Kopf. Da war sie wieder! Diese flehende Frauenstimme!

„Hilf mir, mein Kind" Oh bitte, hilf mir!", weinte sie.

„Ahhh, wer bist du? Geh raus aus meinem Kopf! Es tut so weh!"

„Aziz, was ist los?", fragte Vishnu, die durch die lauten Schreie geweckt worden war. „Aziz! Rede mit mir!"

Die vier Brüder stürmten ins Zimmer und zogen die Göttin von Aziz weg! Seine Augen waren pechschwarz und Vishnu konnte nicht einmal das weiße Funkeln in der Mitte erkennen, so wie sie es von ihren Brüdern kannte. Sein Körper glühte und seine Hände fühlten sich feucht an. Nashiri und Adora mussten Aziz gewaltsam festhalten. Der ganze Raum war von seinem Schmerz erfüllt.

Plötzlich hörte die Stimme auf und Aziz sackte erschöpft zusammen.

„Aziz, hörst du mich?" Vishnu nahm seinen Kopf in beide Hände.

„Es war diese Stimme", flüsterte Aziz. „Sie war lauter als je zuvor."

Vishnu schüttelte den Kopf. Sie konnte sich keinen Reim darauf machen. „Also gut", sagte sie schließlich. „Ich denke, ein bisschen frische Luft sollte uns allen gut tun."

Aziz und Vishnu verließen den Tempel mit den vier Brüdern und liefen durch die wunderschöne blühende Stadt. Die Menschen, an denen sie vorbeikamen, senkten ehrfürchtig ihre Köpfe und grüßten die Göttin. Vor der Stadtmauer sahen sie Menschen, die eifrig die Gruben aushoben. Jeder, der eine Schaufel halten konnte, packte mit an.

„Komm Aziz, ich will dir meinen Lieblingsort zeigen", sagte Vishnu und zog ihn in Richtung Osten. „Ich bin so froh, dich an meiner Seite zu haben."

„Mir geht es auch so", erwiderte Aziz und nahm Vishnus Hand. Im östlichen Gebiet Kelaras erreichten sie einen kleinen Garten. Dort befanden sich wunderschöne Blumen in allen Farben und in der Mitte ein schillernder Teich, an dem Frösche saßen und vergnügt quakten.

„Was für ein schöner Ort!", staunte Aziz, der so etwas nie zuvor gesehen hatte.

„Es ist der schönste Ort der Welt", lächelte Vishnu und roch an einer weißen Blume. „Ich habe die fünf Königsländer zwar nie verlassen, aber halte es nicht für möglich, dass außerhalb etwas noch Schöneres existiert."

„Du warst nie weiter weg?" Aziz schaute die Göttin mit großen Augen an.

Vishnu lachte. „Warum sollte ich auch?"

Aziz wollte ihr von tausenden schönen Orten berichten, die es auf der Erde noch zu sehen gibt, aber er hielt inne. Die Worte der Göttin klangen in seinen Ohren. Die Zeit ist ein sensibles Gebilde. Gegenwart, Zukunft und Vergangenheit dürfen nicht miteinander vermischt werden! Also schwieg er und sog stattdessen die duftende Luft ein, die dieser wundervolle Ort hervorbrachte.

„Lass uns meine Kinder besuchen!", sagte Vishnu vergnügt und tanzte durch den Garten.

„Kinder?", fragte Aziz verwirrt und rannte hinter ihr her. „Warte mal! Von welchen Kindern sprichst du?"

„Ich spreche von meinen Tigern", lachte Vishnu und knuffte Aziz liebevoll in die Seite.

*

Auf der südlichen Seite Kelaras, draußen vor der Stadtmauer befand sich eine riesige Wiese. Mehrere Bauern fuhren mit ihren Karren vor und luden Unmengen an Fleisch vor der Wiese ab. Aus sicherer Entfernung warfen sie es den Tigern zu, die gierig danach schnappten.

Außer der Göttin und ihren vier Brüdern traute sich niemand, die Wiese zu betreten und sich den Tigern zu nähern.

Die Tiger spürten die Anwesenheit ihrer Göttin schon von weitem und sprangen wild durcheinander. Als sie Vishnu erblickten, rannten sie ungeduldig auf sie zu. Aziz ließ erschrocken die Hand der Göttin los.

„Hab keine Angst, Aziz! Ich würde niemals zulassen, dass meine Nrigaraties dir etwas antun."

„Ich halte trotzdem lieber etwas Abstand." Aziz blieb im Hintergrund, während Vishnu ihre Tiger begrüßte. „Du weißt schon, dass Tiger Angst spüren können? Das macht sie richtig hungrig!", lachte sie und streichelte einer der Raubkatzen über den Kopf. „Komm Aziz, vertrau mir! Sie werden dir nichts tun! Sie freuen sich nur, mich nach so langer Zeit wiederzusehen."

Aziz näherte sich vorsichtig. Ganz geheuer war ihm die Situation nicht. Neben den orange-schwarz gestreiften Tigern drehten auch einige weiße Tiger ihre Runden. Einer von ihnen schnüffelte an Aziz' Hand und schaute ihn neugierig an. Aziz streichelte ihn vorsichtig und der Tiger schnurrte sanft.

„Siehst du, sie merken, wenn ich jemandem vertraue und vertrauen ihm auch", sagte Vishnu.

„Und diese harmlosen Katzen sollen uns im Kampf verteidigen?", fragte Aziz ungläubig.

Die Göttin lächelte. „Ich hatte gehofft, dass du das fragst! Komm, ich zeig dir was." Vishnu nahm eine Stock in die Hand und rief: „Aschanta!"

Gleich mehrere Tiger setzten an und rissen Vishnu den

Stock aus der Hand, sodass nach einigen Sekunden nichts mehr von ihm übrig war.

Aziz Augen weiteten sich und er wich einen Schritt zurück. „Wie habt Ihr es geschafft, so viele Tiger zu kontrollieren?"

„Als ich noch ein Kind war, verlief sich ein kleiner Babytiger in meinen Garten. Ich fand ihn und kümmerte mich um ihn. Jedes Mal, wenn er in meinen Garten kam, gab ich ihm zu essen, sodass er immer zutraulicher wurde. Mit der Zeit kamen immer mehr Nrigaraties mich besuchen. Sie respektierten mich und ich respektierte sie. Ich wollte nie, dass sie ein Leben in Gefangenschaft leben mussten, also brachte ich sie in den Tempelgarten, wo einige Bauern sich um sie kümmerten und ihnen Fleisch brachten. In der ganzen Zeit bis heute hat es nicht einen einzigen Angriff auf einen Menschen gegeben."

„Ich habe noch nie einen Menschen getroffen, der so warmherzig ist, wie Ihr es seid." Aziz schaute die Göttin verliebt an. „Euer Herz ist so groß, dass alle Lebewesen dieses Landes darin Platz finden. Und auch wenn ich meine Familie niemals wiedersehen werde, bin ich doch froh, dass ich Euch gefunden habe."

Ein Tiger, doppelt so groß wie alle anderen, näherte sich den beiden. Die anderen Tiger wichen ehrfürchtig zur Seite und machten ihm Platz.

„Raati!" Vishnu legte ihre Arme um den Tiger. „Aziz, das ist der Nrigarati, von dem ich dir erzählt habe."

Während die Göttin den Tiger umarmte, blickte dieser zu

Aziz. Er befreite sich aus der Umarmung und näherte sich ihm. Als er vor ihm stand, brüllte er so laut, dass Aziz sich die Ohren zuhalten musste.

„Nein! Nicht, Mutter!", schrie die Göttin. „Schnell Aziz, geh auf die Knie und beuge deinen Kopf!"

Ohne zu zögern tat Aziz, was ihm befohlen wurde, doch vergeblich. Er konnte den warmen Atem des Tigers auf seiner Haut spüren und sah die scharfen Zähne, die sich ihm bedrohlich näherten. Ein lautes Brüllen ließ die Steine am Boden erzittern.

Aziz blieb weiter am Boden, richtete aber seinen Kopf auf und befand sich nun Auge in Auge mit dem Tiger. Sein Maul war so groß, dass nur ein Biss genügt hätte, um Aziz' Kopf darin verschwinden zu lassen. Einige Augenblicke vergingen, während der Tiger in dieser Position verharrte. Dann verlor Aziz das Bewusstsein.

„Aziz! Hörst du mich?" Vishnu schüttelte ihn, während er langsam wieder zu sich kam.

„Was ist passiert?", fragte er verwirrt.

„Ich weiß auch nicht, warum sie das getan hat. Tut mir leid! Eigentlich ist sie die Liebste von allen. So ein Verhalten kenne ich gar nicht von ihr."

„Warum habt Ihr sie Mutter genannt?", wollte Aziz wissen.

„Nachdem meine eigene Mutter nicht mehr da war, hat Raati sich um mich gekümmert. Sie hat immer auf mich Acht gegeben und kam mich oft im Tempel besuchen. Daraus ist eine enge Bindung entstanden."

„Aber warum war sie so aufgebracht, als sie mich sah?"

„Ich weiß es nicht. Aber wie ich schon sagte, so hat sie sich noch nie verhalten." Vishnu blickte rüber zu Raati, die auf der Wiese lag und ihre Pfoten leckte. „Sie wollte mich bestimmt nur beschützen."

Aziz nickte, wusste aber innerlich, dass etwas anderes dahinterstecken musste. Es war, als hätte der Tiger direkt in seinen Kopf geschaut. Ob er von den zwei Stimmen wusste, die zu Aziz sprachen?

Die Göttin nahm nun Abschied von ihren Tigern und küsste einige von ihnen traurig aufs Fell. „Der Verlust jedes einzelnen von euch wird mir das Herz brechen. Aber ich habe keine andere Wahl. Es tut mir Leid, was ich von euch verlange", waren ihre letzten Worte, bevor sie den Tigern den Rücken zukehrte.

Auf dem Rückweg sprach die Göttin nicht viel. Tränen liefen ihr über die Wangen und Aziz musste sie stützen.

*

Aziz erwachte im Zimmer der Göttin.

„Ich bin froh, dass es dir gut geht!", hörte er Vishnu sagen.

„Tut mir leid, was passiert ist", sagte er. „Irgendwie hab ich mein Bewusstsein verloren."

„Ich denke, dass es der schwarz- weiße Mann war." Vishnu streichelte ihm sanft über den Kopf. „Irgendwie nahm er durch die Saamp Besitz von dir."

„Ruh dich etwas aus!", sagte Vishnu und deckte Aziz liebevoll zu. Die weißen Strähnen in ihrem Haar bereiteten ihm Sorgen, doch er wollte es sich nicht anmerken lassen.

Nach einem erholsamen Schlaf, streifte Aziz durch Kerala und sah, wie die Menschen sich mit ihren Familien versammelten, sich umarmten und lachten. Er fragte sich, was wohl mit ihnen passieren würde. In den Geschichtsbüchern hatte er nie von einem Angriff auf die Stadt gelesen und auch keine Dokumentation hatte darüber je etwas berichtet. Schrieb Aziz die Geschichte gerade neu? Er ging nochmal alle Ereignisse durch und erinnerte sich an etwas, das Vishnu ihm erzählt hatte. Vor 25 Sommern hatte es schon einmal einen Angriff auf Kelara gegeben. Aziz blieb stehen. Es war genau 25 Jahren her, als er die Stimme zum ersten Mal vernommen hatte. Wie hatte seine Mutter es damals geschafft, dass die Stimme aufhörte?

Von weitem sah er Vashu, der sehr in Eile war. Aziz wollte nach ihm rufen, bemerkte dann jedoch, dass der Priester etwas in seiner Hand hielt. Er beschloss, ihm zu folgen. Irgendetwas verheimlichte er, Aziz konnte nur nicht sagen, was es war.

Nahe des westlichen Tors verschwand Vashu in einem kleinen Haus. Aziz näherte sich und schaute vorsichtig durch ein kleines Loch am Haus. Im Haus war es dunkel, sodass er nichts erkennen konnte. Aziz wartete kurz, in der Hoffnung, Vashu wieder herauskommen zu sehen, aber vergeblich. Also drückte er die Klinke hinunter und schlich ins Innere des Hauses. Niemand war zu sehen, als ob das Haus den Priester einfach verschluckt hätte. Aziz tastete sich durch die Dunkelheit und fand schließlich eine kleine Treppe, die durch ein Loch im Boden unter dem Esstisch nach unten führte. Er schob den Tisch beiseite, ging die ersten Stufen hinunter und rückte den Tisch dann wieder an seinen Platz. Die schmale Treppe führte tief nach unten in den Keller. Der Gang schien nicht enden zu wollen, als Aziz eine kleine Flamme an der Wand aufleuchten sah und die Stimme des Priesters vernahm, der leise vor sich hinmurmelte.

Er näherte sich leise, um zu sehen, mit wem Vashu sprach. Durch eine kleine Öffnung in der Wand konnte Aziz den ganzen Raum erblicken. Dort stand Vashu und sprach mit einer riesigen Schlange, so groß wie ein Pferd und doppelt so lang wie ein Anaconda . Aziz konnte die Worte des Priesters nicht genau verstehen, aber er sah seine Augen. Sie waren pechschwarz.

Er wich ein Stück von der Wandöffnung zurück und spürte einen kleinen Stein unter seinen Füßen, der mit einem lauten Geräusch auf die nächste Stufe rollte. Aziz erschrak, als die Schlange ihr Maul aufriss und einen riesigen Schlund präsentierte. Ein Schrei ertönte, als ob tausend Krähen im Raum waren. Aziz musste sich die Ohren zuhalten.

Ohne sich noch einmal umzudrehen, rannte Aziz die Treppe hinauf. Sein Herz schlug so laut, dass er es beinahe hören konnte. Er musste so schnell wie möglich da raus, um der

Göttin von seinen Beobachtungen zu berichten. Oben angekommen schob Aziz den Tisch beiseite und stürmte aus der Tür. Als er sich noch einmal umdrehte, war niemand zu sehen und so rannte er den ganzen Weg zurück bis zum Tempel.

Was er nicht bemerkte war Vashu, der an der Eingangstür des Hauses stand und seine Hände zu Fäusten ballte. Mit kühlem Blick schaute er dem Eindringling hinterher.

Atemlos stürmte Aziz in das Zimmer der Göttin und berichtete ihr von Vashu, der Schlange und dass er beinahe entdeckt worden war.

„Ich werde sofort ein paar Krieger zu dem Haus schicken", sagte Vishnu aufgebracht.

*

„Wir haben jeden Stein in Kelara umgedreht, meine Göttin", berichtete der Krieger. „Er ist wie vom Erdboden verschluckt."

„Warum tut er mir das an?", fragte Vishnu. „Er war mein engster Vertrauter, meine Familie. Wie konnte er mich und mein Volk nur so hintergehen?" Die Göttin fiel auf die Knie. „Er kennt unseren gesamten Verteidigungsplan." Ihre Augen füllten sich mit Tränen. „Aziz, wir sind verloren! Wenn Vashu mit dem schwarz-weißen Mann zusammenarbeitet, kennt dieser jetzt unsere ganze Strategie. Wir haben ihm nichts mehr entgegenzusetzen."

„Wir dürfen jetzt nicht aufgeben, Vishnu! Sei stark für dein Volk!" Aziz grübelte. „Wir brauchen einen neuen Plan", sagte er entschlossen.

„Das sagt sich so leicht." Vishnu vergrub ihr Gesicht in den Händen. „Wie soll denn dieser neue Plan aussehen?"

„Wir müssen Jottamadhatu überlisten und ihn in dem Glauben lassen, dass er unsere Strategie kennt. Er fühlt sich siegessicher und das müssen wir ausnutzen."

Die Göttin schöpfte neue Hoffnung. „Du hast recht, wir dürfen nicht aufgeben!", sagte sie und rappelte sich auf.

„Meine Göttin?" Ein Krieger hatte den großen Saal betreten und kniete vor der Göttin nieder.

„Sprecht! Was habt Ihr zu sagen?"

„Etwas Eigenartiges geht draußen vor sich. Plötzlich sind mehrere Elefanten im Hof aufgetaucht, die vorher nicht da waren", berichtete der Krieger aufgebracht.

„Wie viele sind es?", fragte Vishnu den Krieger, während sie die Treppen zum Hof hinuntereilten.

„Fast viermal so viele wie zuvor!"

Am Hof der Elefanten angekommen trauten sie ihren Augen nicht. Dort hatten sich zusätzlich fast 400 Elefanten eingefunden und reckten wild ihre Rüssel in die Luft. Die Göttin, die Brüder und Aziz schauten sich gegenseitig an.

„Sieht so aus, als hätten sie eine lange Reise hinter sich", sagte Aziz zu Vishnu.

„Warum sind sie hier? Wollen sie uns unterstützen?"

Hinter der Göttin stoben mehrere Elefanten auseinander

und machten Platz für eine haushohe Elefantenkuh, die langsam auf sie zukam. Die Brüder zogen ihre Klingen und stellten sich schützend vor die Göttin.

„Nein! Geht zurück!", befahl Vishnu und trat mutig vor die Elefantendame. Diese hob ihren Rüssel, trötete laut und kniete dann mit den Vorderbeinen vor Vishnu nieder. Vishnu legte sanft ihre Hand auf die Stirn der Elefantendame, woraufhin diese ihren Rüssel auf Vishnus Kopf legte.

„Ich habe verstanden", sagte die Göttin. „Habt Dank, dass ihr hier seid, um uns zu helfen."

Lächelnd drehte sie sich zu Aziz und ihren Brüdern. „Es gibt wieder Hoffnung."

*

„Sieh nur, die Sonne verschwindet am Horizont!", sagte Aziz und nahm Vishnus Hand. Vom Dach des Tempels hatte man einen wunderschönen Blick über ganz Kerala.

„Morgen werden wir einen neuen Plan entwerfen", sagte Vishnu und blickte in die Ferne. Ihr Haar glänzte in der untergehenden Sonne.

„Macht Euch keine Sorgen", sagte Aziz und strich ihr sanft übers Haar. „Wir werden den Kampf gewinnen."

Am nächsten Morgen war es ruhig und friedlich in Kelara. Die Göttin nahm ein Bad, während ihre Brüder vor der Tür wachten und die Könige mit ihren Vorbereitungen beschäftigt waren.

*

Währenddessen traf Vashu einen Tagesritt entfernt von der Stadt im Gebiet des schwarz-weißen Mannes ein. Seine Augen leuchteten schwarz, während er vor Jottamadhatu trat.

„Ich werde dich noch belohnen!", dröhnte die Stimme des Gottes des Todes. „Ich wusste, auf dich ist Verlass."

Vashu berichtete von den Ereignissen der letzten Tage. Über die sechste Kammer, die Nrigaraties, die Elefanten und die Kraft der Brüder. Lächelnd senkte der schwarz-weiße Mann den Kopf und sah Vashu eindringlich an. Sein Kopf berührte fast die Stirn des Priesters. Dann öffnete Jottamadhatu seinen schwarzen Schlund und eine Schlange sprang heraus. Ehe Vashu ausweichen konnte, war sie bereits in seinem Rachen verschwunden. Sein Schrei erstarb und er spürte, wie ihn eine alles verzehrende Dunkelheit übermannte.

MUTTER

Während in Kerala die letzten Vorbereitungen getroffen wurden, ließ der Gott des Todes ein Steinwesen nach dem anderen erwachen. Mit jedem Paatasaar erblickten weitere vier Nachtbaumnattern das Licht der Welt. Die Augen der Riesenschlangen leuchteten gelb in der Dunkelheit und ihre Größe reichte an die eines Pferd heran.

Jottamadhatu wusste, dass es nicht mehr lange brauchte, bis seine Armee bereit war. Diesmal würde er es schaffen und den Tempel einnehmen. Seine leblosen Krieger waren den Menschen um so vieles überlegen. Sie mussten weder essen noch trinken oder schlafen. Die Seelenlosen waren jede Sekunde damit beschäftigt, seine Armee zu vergrößern und seine Macht zu vermehren.

*

„Auf jeder Seite sollen 125 Elefanten und 75 Nrigaraties stehen. Ich möchte, dass Ihr unseren besprochenen Plan einhaltet und die Mauer nicht verlasst." Vishnu blickte eindringlich in die Runde. „Ich werde jedem von Euch einen meiner Brüder zur Seite stellen. Ashura übernimmt das westliche Tor, Lackman das östliche, Adora positioniert sich am nördlichen Tor und Nashiri bewacht den Süden. Erst wenn meine Brüder ihre Klingen erheben, werdet Ihr angreifen. Da wir nicht wissen, von wo aus der schwarz-weiße Mann uns angreifen wird, positioniere ich an jedem Tor einen Bogenschützen, der ein Leuchtfeuer in den

Himmel schießt. Wenn Ihr dieses Signal seht, begebt Euch so schnell wie möglich zu dem entsprechenden Tor. Sollte er von allen Seiten gleichzeitig angreifen, zünden wir zunächst das Brennwasser. Es könnte ein Vorteil für uns sein, da durch diese Strategie seine Armee an jeder Seite etwas schwächer sein wird." Vishnu atmete tief durch.

„Und was ist mit den großen Steinwesen?", fragte König Panna.

„An jeder Seite sind jeweils 10 Elefanten als Wasserspender eingesetzt. Sie schöpfen das Wasser aus dem Tempelgraben, um damit die Steinwesen zu bekämpfen, da ihre Körper auch Teil aus Sand und Feuer bestehen wird Wasser sie nicht aufhalten aber ich denke sehr schwächen", erklärte Aziz.

Alle Könige schauten aus den Fenstern in Richtung der Tore. König Panna nickte. „Das ist wahrlich eine gute Strategie, meine Göttin."

„Nein, das war nicht meine Idee. Aziz ist es, dem Ihr danken müsst!", sagte die Göttin. „Dennoch bitte ich Euch Könige, über unser Vorgehen zu schweigen. Wie ihr wisst, hat Vashu uns verraten. So etwas darf nicht noch einmal passieren. Bis zu dem Tag, an dem der schwarz-weiße Mann uns angreifen wird, wissen nur die Menschen, die sich heute in diesem Raum befinden, über unsere Strategie Bescheid."

Die Könige fielen vor Vishnu auf den Boden und sprachen: „Wir, die Könige der Heiligen Gebiete schwören auf ewig unsere Treue der Heiligen Göttin Vishnu!"

„Aziz, ich möchte heute meine Mutter besuchen", sagte Vishnu, als die Könige den Saal verlassen hatten. „Begleitest du mich?"

„Ihr wollt schon wieder zu den Tigern? Auf keinen Fall! Ich setze keinen Fuß mehr auf diese Wiese." Aziz bekam schon beim Gedanken an den riesigen Tiger, der ihn beinahe angegriffen hätte, Schweißausbrüche.

„Ich spreche von meiner wahren Mutter", lachte Vishnu. „Ich möchte ihr Grab besuchen."

*

Am kleinen Garten angekommen schaute Aziz sich suchend um. „Wo ist denn ihr Grab?", fragte er, da er keinen Grabstein entdecken konnte. Stattdessen lag in einiger Entfernung der Tiger und hielt ein Schläfchen.

„Schau dich um, Aziz!", sagte Vishnu und breitete ihre Arme aus. Meine Mutter ist hier, in jedem Baum, in jeder Blume, in jedem noch so kleinen Grashalm." Vishnu drehte sich im Kreis. „Als sie damals den schwarz-weißen Mann besiegt hat, wurde ihr Körper zu Asche. Ich habe sie hier überall verstreut."

Vishnu setzte sich neben ihrem Tiger ins Gras und kraulte ihn hinter den Ohren. Aziz stand einige Meter entfernt bei den Brüdern. Er wollte sich langsam nähern, als Raati ihre Augen öffnete und ihn bedrohlich anfunkelte. Aziz wich mehrere Schritte zurück.

„Ihr werdet euch wohl niemals anfreunden", stellte Vishnu fest. „Aziz, vermisst du deine Mutter manchmal?", fragte sie dann.

Aziz blickte Richtung Himmel. „Ja, ich vermisse sie sehr. Es müssen jetzt schon paar Monate vergangen sein!"

„Stimmt, Ihr könnt mit dem modernen Kalender ja nicht so viel anfangen." Aziz lächelte. „Ich bin nun bereits einen halben Sommer hier, nicht wahr?"

Vishnu nickte. „Es muss schwer für dich sein", sagte sie und ihre Augen füllten sich mit Tränen. „Erzähl mir von ihr!"

„Wenn meine Mutter lacht, dann erfüllt sie damit den ganzen Raum", begann Aziz. „Als ich noch klein war, hat sie immer meine Wunden geheilt, wenn ich mich beim Spielen verletzt hatte. Außerdem ist sie die beste Köchin, die ich kenne."

„Also hat deine Mutter auch Kräfte?", fragte Vishnu.

„Nein, so meinte ich das nicht." Aziz musste lachen. „Sie kümmerte sich um mich, nahm mich in den Arm und ließ mich so den Schmerz vergessen. Manchmal stritten wir auch, aber das hielt nie lange an." Er schwieg eine Weile. „Also auf eine Weise hat sie schon magische Kräfte", sagte er und lächelte.

Vishnu kam auf Aziz zu und nahm ihn in den Arm. Es herrschte einen Moment Stille, während die Sonnenstrahlen Aziz' Gesicht erwärmten.

„Aziz, du wirst sie wiedersehen, das verspreche ich dir! Ich will mir nicht vorstellen, wie sehr sie dich gerade vermisst und um dich weint", sagte Vishnu. „Sobald das alles vorbei ist, wirst du deine Mutter wieder in den Armen halten."

Aziz streichelte Vishnu über die Wange. „Etwa so fühlt es sich an, wenn meine Mutter mich geheilt hat", sagte er.

„Ich möchte dir etwas zeigen." Vishnu erhob sich.

Zurück am Tempel standen sie vor einer Steintafel. „Einer unserer Vorfahren meißelte diesen Satz in den Stein. Bis heute leben die Menschen in Kerala danach. Diese Steintafel ist wie die sechste Kammer", erklärte Vishnu. „Sie war schon immer da."

Aziz war durcheinander. „Was willst du damit sagen?"

„Du wirst es gleich sehen, hab Geduld!"

*

Aziz, Vishnu und die Brüder standen vor dem vierten Tor der sechsten Kammer. Aziz traute seinen Augen nicht. Die vier Brüder stemmten sich rechts neben dem Eingang zur Kammer gegen die Steinwand, die sich mit einem lauten Rumpeln auftat und eine geheime Treppe freigab.

Aziz folgte Vishnu und den Brüdern nach unten. Dort befand sich ein kleines Podest, auf dem eine alte Steintafel stand, die im Licht von vier Fackeln flackerte.

„Was steht dort?", fragte Aziz, der die alten Schriftzeichen nicht deuten konnte.

„Nur wer seine Mutter liebt und das Leben, das sie geschenkt hat, zu schätzen weiß, hat das Recht, sich ihr Kind zu nennen",

las Vishnu die Tafel laut vor. „Wir vermuten, dass diese Tafel weitaus älter ist, als der Tempel, in dem wir uns befinden."

Vishnu blickte zu Ashura und nickte. Daraufhin nahm Ashura etwas Sand vom Boden und streute ihn über eine der Fackeln. Das Licht der Fackel erlosch für einen kurzen Moment. Dann entzündete sich das Feuer erneut wie aus dem Nichts.

„Wie ist das möglich?" Aziz trat näher an die Fackel heran.

„Wir wissen es nicht. Wir wissen nur, dass die Tafel mehr ist, als sie zu sein scheint", sagte Vishnu. „Dieser Satz ist das höchste Gebot für die Menschen in Kerala. Sie leben danach und ehren jede Mutter wie ihre eigene."

Das Feuer knisterte leise und Aziz spürte, wie die Flammen seinen Körper erwärmten. Es war eine Wärme, wie er sie nie zuvor verspürt hatte. Sie schien aus seinem Inneren zu kommen und er fühlte sich wohlig und geborgen. Vishnu lächelte zufrieden.

Auf dem Weg zurück nach oben fing der Boden plötzlich an zu beben und Aziz musste sich an der Wand abstützen, um nicht zu fallen. „Was passiert hier?", rief er.

„Ich weiß es nicht", schrie Vishnu, während die Decke des Gangs sich ihnen bedrohlich näherte. Aziz packte die Göttin und die vier Brüder bildeten einen Kreis um die beiden.

„Es hat aufgehört", stellte Vishnu fest und entstaubte ihr Gewand.

Aziz nahm ihre Hand und zog sie nach oben in Richtung des Ausgangs. Auf dem Weg zum großen Saal kamen ihnen die

Könige in Begleitung einer Handvoll Krieger entgegen.

„Es ist so weit", sprach König Panna. „Er ist gekommen."

„Aus welcher Richtung greift er an?"

„Von Westen, meine Göttin."

„Alle auf ihre Positionen!", befahl Vishnu. „Und vernachlässigt die anderen Tore nicht! Wir wissen nicht, zu was er fähig ist."

Vishnu zog Aziz weiter eine schmale Treppe entlang. „Komm Aziz, wir schaffen uns einen Überblick."

Vom Dach des Tempels blickten Aziz, Vishnu und die Brüder nach Westen. Obwohl die Sonne noch am Horizont stand, war ein kalter Luftzug zu spüren und Aziz fröstelte. Er atmete tief durch. „Es ist, als sei der Winter übers Land gekommen", sagte er. Er erblickte den schwarz-weißen Mann, dessen Silhouette sich langsam am Horizont abzeichnete. Hinter ihm tauchten vereinzelte Berge auf, die sich schwerfällig der Stadt näherten. Auch die Armee der seelenlosen Krieger war nun deutlich zu sehen. Es waren so viele, dass kein Ende der Streitmacht auszumachen war.

„Aziz, ich gab dir das Versprechen, dass ich dich wieder in deine Zeit schicken werde." Vishnus Augen waren auf den Horizont gerichtet. „Es tut mir leid, wenn ich es vielleicht nicht einhalten kann."

„Ich würde lieber sofort sterben, als dich im Stich zu lassen", sagte Aziz entschlossen. „Wäre meine Mutter jetzt hier, dann würde sie sagen: Kämpf! Wir dürfen die Hoffnung nicht aufgeben!"

CHATURANGA – SPIEL DER KÖNIGE

„Lasst die Elefanten und Tiger los!", schrie König Panna und gab damit den Befehl, die Tore der Stadtmauer zu öffnen.

Die Wände des Tempels bebten spürbar, als sich die Elefanten schnaubend in Bewegung setzten und das Gebrüll der Tiger hallte in Aziz' Ohren. Die Kinder und Greise, die nicht in der Lage waren, die Stadt im Kampf zu verteidigen, versteckten sich im Gewölbe, tief unter dem heiligen Tempel. Das restliche Volk Keralas bereitete sich auf den unmittelbar bevorstehenden Angriff vor.

Die vier Könige führten ihre Krieger zum westlichen Tor. „Die Schlacht hat begonnen, lasst uns ihm zeigen, dass wir die Stadt nicht kampflos aufgeben", brüllte König Kochi und reckte seine Faust in die Höhe. Er zog sein Schwert und die anderen drei Könige taten es ihm gleich. Auf den Rücken ihrer Pferde ritten sie dem schwarz-weißen Mann und seiner Armee entgegen, gefolgt von 25.000 Kriegern und einem Heer aus Tigern und Elefanten.

Währenddessen hatten sich Aziz, die Göttin, ihre Brüder und der weiße Tiger auf dem Dach des Tempels versammelt. Ein dumpfer Gong erklang am nördlichen Tor. Vishnu schreckte auf und blickte in die Richtung, aus der das Warnsignal gekommen war. Auch das östliche und das südliche Tor folgten und gaben einen Gong, gefolgt von einem brennenden Pfeil ab.

„Meine Göttin, meine Göttin!" Einer der Krieger kam aufgebracht die Treppen hochgerannt.

„Beruhige dich! Was ist geschehen?", fragte die Göttin den

Mann.

"Wir werden aus allen Richtungen gleichzeitig angegriffen", keuchte der Krieger und schnappte nach Luft. "Vor dem südlichen Tor erwartet uns ein Meer aus Saamps. Bestimmt 1.000 Stück! Das östliche Tor wird von einer Armee seelenloser Krieger angegriffen und am nördlichen Tor machen sich über 100 Steinwesen bereit. Was sollen wir tun?"

Die Göttin blickte zu Ashura, der nur kurz nickte und zu seinen drei Brüdern schaute. Nashiri, Adora und Lackman knieten vor ihrer Schwester nieder.

"Lebt wohl, meine Brüder!", sagte Vishnu, um Fassung ringend. "Heute kämpft ihr nicht für mich und auch nicht für Kerala. Ihr kämpft für die ganze Welt und alles was auf ihr lebt." Sie ging vor ihren Brüdern auf die Knie und umarmte jeden einzelnen von ihnen. "Ich werde euch immer lieben."

Die Brüder schritten langsam die Treppen hinunter und gingen jeder zu einem Tor. Lackman übernahm das nördliche Tor, Adora das östliche und Nashiri ging zum südlichen.

"Darf ich dich etwas fragen, Aziz?" Vishnu hatte ihren Blick starr auf den schwarz-weißen Mann gerichtet.

"Was immer Ihr wissen wollt", erwiderte Aziz.

"Erzähl mir von deiner Zeit!", sagte sie nach einer kurzen Pause. "Es ist bestimmt schön, da wo du herkommst."

Aziz schaute sie eindringlich an. "Ich möchte Euch nicht anlügen", sagte er. "So wie Ihr hier in Kerala zusammenlebt, gutherzig und offen, umgeben von einer alles einhüllenden Wärme, so wird es niemals wieder auf der Welt zugehen. Meine Welt ist schon lange nicht mehr die, die sie sein sollte."

„Wie meinst du das?"

„Ihr hier in Kerala, die Könige, das Volk, seid großzügig und warmherzig. Das liegt vor allem an Euch, die, obwohl Ihr ohne Eltern aufgewachsen seid, Güte und Liebe in das Leben aller Menschen Eures Volkes bringt. Ihr habt die Gabe, Menschen für Euch einzunehmen. Das Volk vertraut Euch. Nicht aus Angst oder weil Ihr Macht habt, sondern weil Ihr gütig und warmherzig seid", erklärte Aziz. „Das sind Tugenden, die die Menschen meiner Welt mit der Zeit vergessen haben. Es gab immer gute Menschen und schlechte Menschen. Aber je mehr der Mensch an Macht gewinnt, desto eher vergisst er das Gute in sich. Die Welt wird von Lügnern beherrscht, die Menschheit hat sich so drastisch vermehrt das sie sinnlose Kriege führen um die Welt im Gleichgewicht zu halten. Lügen über Lügen werden als Wahrheit verkauft. In Meiner Welt Vishnu gibt es keinen Zusammenhalt wie hier in Kerala. In Meiner Welt gibt es nur Hass und Leid, Arm und Reich,Schlau und Dumm,Schwarz und Weiß. Vielleicht bin ich ja hier damit wir diesen Kampf verlieren, vielleicht wäre es ja besser wenn die Zukunft meiner Welt umgeschrieben wird. Vielleicht aber auch nicht, ich weiß es nicht." Aziz nahm die Hand der Göttin, die nun zu Ashura schaute.

Ashuras Hände ballten sich zu Fäusten, während sein Blick starr auf das westliche Schlachtfeld gerichtet war.

„Du kannst es nicht ertragen, dass die drei da unten alleine kämpfen, nicht wahr?" fragte Vishnu ihren Bruder. Dieser umarmte seine große Schwester. Aziz sah zum ersten Mal, wie sich die Augen des tapferen Kriegers mit Tränen füllten. „Geh schon! Ich weiß, dass du lieber auf dem Schlachtfeld stirbst, als untätig abzuwarten." Auch Vishnu liefen nun die Tränen über die Wangen. „Pass gut auf dich auf!"

Ashura wandte sich von seiner Schwester ab, drehte sich zu Aziz und streckte ihm die Hand entgegen. Aziz wusste, dass er nun für die Sicherheit der Göttin verantwortlich war. Er nahm Ashuras Hand und nickte ihm zu, als Zeichen, dass er verstanden hatte.

*

König Panna ritt mutig auf den schwarz-weißen Mann zu, entschlossen ihn zu besiegen und dem Krieg ein Ende zu setzen. Doch bevor er ihn erreichen konnte, wurde er von den seelenlosen Kriegern angegriffen. Der König enthauptete einen mit seinem Schwert, doch es hatten sich bereits drei weitere an sein Pferd geheftet. Auch König Panna fiel unsanft zu Boden. Keine Sekunde später war er von einer Horde Krieger verschluckt worden. Der schwarz-weiße Mann lächelte und entblößte seinen schwarzen und seelenlosen Schlund.

Auch Ashura sah sich einer undurchdringlichen Mauer aus Schlangen, Paatasaars und untoten Kriegern gegenüberstehen. Er war entschlossen, Jottamadhatu zu besiegen, doch er musste sich zunächst durch seine Armee kämpfen, um ihn zu erreichen. An den Beinen der Elefanten bissenre, als uns zurückzuziehen. Kämpft, Krieger Keralas. Lasst euch nicht unterkriegen! Noch stehen wir und atmen", rief König Kochi und stürzte sich in die Menge.

Am nördlichen Tor kämpfte Lackman mit letzter Kraft gegen die Steinwesen. Eine seiner Halbmondklingen hatte er bereits verloren und sein Körper war mit tiefen Wunden und Schnitten übersät. Fünf von den Kolossen standen noch vor ihm, bereit anzugreifen. Er nahm all seine Willenskraft zusammen, doch vergeblich. Eins der Steinwesen schleuderte ihn durch die Luft und er schlug unsanft auf dem Boden auf.

„Lackman!", schrie Vishnu, bevor sie zusammenbrach. Sie verspürte einen Stich im Herz, der ihr beinahe die Luft zum Atmen nahm. Auch die anderen Brüder spürten, dass Lackman von ihnen gegangen war. Sie hielten einen Moment inne, während Lackman seinen letzten Atemzug tat. Dann schöpften sie neuen Mut und nahmen erneut den Kampf auf. Besonders Ashura konnte die Wut in sich spüren, die seine Kraft entfaltete und ihn stärker und stärker werden ließ.Voller Hass kämpfte er sich den Weg frei und tötete einen Krieger nach dem anderen.

Auch Nashiri am südlichen Tor wurde von seiner Wut und

seinem Hass geleitet, wodurch er einen Moment unachtsam wurde. Eine der Schlangen biss ihn in den Knöchel und das Gift breitete sich schnell in seinem Körper aus. Weitere Schlangen folgten und jeder Biss schwächte Nashiri mehr. Sie waren zu schnell und seine Klinge konnte nicht alle Schlangen auf einmal abhalten.

Vishnu, die von Aziz gestützt wurde, hatte sich noch nicht vom Verlust Lackmans erholt, während bereits der zweite Bruder dem Tod gefährlich nahe kam.

„Nicht Nashiri!", rief sie und hämmerte verzweifelt gegen Aziz' Brust. „Ashura, Adora, kommt zurück! Ich will euch nicht auch noch verlieren."

Adora, der besonnenste der vier Brüder, gab einen lauten Schrei von sich. Köpfe und Gliedmaßen flogen durch die Luft, als er sich durch die Armee der Seelenlosen am östlichen Tor schlachtete.

Währenddessen ertönte erneut ein lauter Gong. Die Blicke der Göttin richteten sich zum nördlichen Tor. Es war gebrochen. Die Steinwesen hatten die letzten Krieger an den Wachtürmen besiegt und stürzen nun nicht nur das Tor ein, sondern auch die Wachtürme. Massiver Stein rieselte wie Pulver durch ihre gigantischen Hände. Adora blickte sich um. Auch er hatte den Gong gehört und machte sich auf zum nördlichen Tor.

Vishnu schrie vom Dach des Tempels und versuchte, ihn von seinem Vorhaben abzuhalten. Aziz schaute sie an und wusste, dass sie diesen Krieg nicht mehr gewinnen konnten.

Plötzlich sprang Raati auf sie zu. Aziz sah die mächtigen Zähne des weißen Tigers auf ihn zukommen und schmiss sich auf den Boden. Er hielt die Hände schützend über dem Kopf, darauf gefasst, die Zähne des Tigers jeden Moment in seinem Fleisch zu spüren. Als nichts geschah, blickte Aziz vorsichtig auf.

„Gut gemacht, Raati!", lobte Vishnu den Tiger und streichelte ihm über den Kopf. Raati schnurrte zufrieden, während der Schwanz einer Schlange in ihrem Maul verschwand. In der ganzen Aufregung hatte Aziz ganz vergessen, dass nicht nur die Steinwesen eine Bedrohung darstellten. Auch die Schlangen am südlichen Tor hatten es bereits geschafft, in die Stadt zu gelangen.

„Vishnu, wir sind hier nicht mehr sicher!", sagte Aziz und suchte das Dach nach weiteren Schlangen ab. Doch die Göttin hörte ihm nicht zu. Ihr Blick war starr auf das Schlachtfeld gerichtet.

Noch immer rief sie nach ihren zwei verbliebenen Brüdern. Während Ashura sich noch immer wild entschlossen und voller Hass und Wut durch die Armee des schwarz-weißen Mannes schlug und seinem Feind immer näher kam, war Adora bereits am nördlichen Tor angekommen, um es mit den letzten fünf Paatasaars aufzunehmen.

Aziz und die weiße Tigerin wichen nicht von Vishnus Seite. Eine Schlange nach der anderen kam durch kleine Schlupflöcher und suchte sich ihren Weg zum Dach des Tempels. Aziz schlug einer Schlange nach der andere den

Kopf ab, während Raati ihre Zähne und Klauen einsetzte, um die Göttin zu schützen.

*

Die riesige Schlange an der Seite des schwarz-weißen Mannes zischte und fauchte leise. Ashura war nun in sichtbarer Nähe.
„Greif ihn an!", befahl Jottamadhatu und seine große Schlange schlängelte sich zwischen den Kriegern durch.
Adora hatte es in der Zeit geschafft, vier der Steinwesen zu besiegen und nahm es nun mit dem letzten vor ihm verbliebenen auf. Eine riesige Steinfaust schlug knapp neben ihm in den Boden, sodass Adora wegspringen musste, um nicht getroffen zu werden. Flink rollte er sich ab und stand wieder auf zwei Beinen, bevor er seine Halbmondklinge ansetzte und einen Fuß des Steinwesens abtrennte. Ein lautes Brüllen erschütterte die Stadt und das Paatasaar begann zu taumeln, bevor es mit einem ohrenbetäubenden Knall auf dem Boden aufschlug.
Adora blickte sich um. Seine Blicke richteten sich auf Vishnu, die am Dach des Tempels stand und auf ihn hinabschaute.
„Geh nicht Adora! Adora, ich befehle dir, zu mir zu kommen!", schrie die Göttin. Doch Adora spürte, dass sein Bruder in Gefahr war und rannte los.
„Adora! Nein!", rief Vishnu, doch es war zu spät. Adora war

bereits außer Hörweite verschwunden. Vishnu kämpfte mit den Tränen.

Ashura war nun von mehreren Steinwesen, Seelenlosen Kriegern und Schlangen umzingelt. Einer nach dem anderen griffen sie an, bevor der Kreis plötzlich auseinanderstoß und der Kampf stillstand. Ashura blickte sich verwirrt um. Durch die Kreisöffnung hatte er freien Blick auf den schwarz-weißen Mann, der ihn ansah und dabei seine schwarzen Zähne entblößte. Auch für Adora, der sich ihnen näherte, wurde der Weg freigegeben.

Ashura zögerte nicht lange und rannte los. Er konnte nicht auf seinen Bruder warten. Als er nur noch zwei Sprünge von seinem Feind entfernt war, stellte sich ihm plötzlich die riesige Schlange in den Weg. Jottamadhatu lachte schallend. „Bis hierhin und nicht weiter!", zischte die Schlange. Neben ihr war nun auch Vashu aufgetaucht. Ashuras Blick war voller Wut und er sprang auf die Schlange zu, die Halbmondklingen in seinen Händen erhoben. Gerade als er die beiden angreifen wollte, verwandelten sie sich. Die Schlange wurde zu Lackman und der Onkel zu Nashiri. Ashura hielt inne und blickte seine Brüder an. Er wusste, dass es nur eine Täuschung war, doch für einen Moment machte es ihn unaufmerksam. Die beiden Brüder die in Wirklichkeit die große Schlange und der Onkel waren zogen ihre Halbmondklingen und griffen ihn an. Ashura stand immer noch da, unfähig sich zu bewegen. Kurz bevor die Klingen seine Brust treffen konnten, sprang Adora von der

Seite auf die Angreifer und warte den Angriff der beiden ab. Adora gab seinen älteren Bruder Ashura eine leichte Ohrfeige. Ashura schüttelte den Kopf und war in Sekundenschnelle wieder bei sich, jetzt noch wütender als zuvor. Deutlich sah man den Hass in seinen Augen.

Adora sprang auf Nashiri zu und schnitt ihm den Kopf ab. Dieser verwandelte sich wieder in Vashu und fiel wie ein nasser Sack zu Boden.

„Lossss, kämpft alle und holt mir seinen Kopf!", zischte die Schlange wütend.

Die Seelenlosen Krieger, Steinwesen und Schlangen erwachten aus ihrer Erstarrung und bewegten sich wieder auf die Brüder zu. Adora versuchte, die Armee von Ashura fernzuhalten, damit dieser es mit der Schlange aufnehmen konnte. Ashura rannte los, die Klinge im Ansatz, doch die Schlange sprang im letzten Moment weg, sodass Ashura ins Leere hieb. Sie wand sich geschickt und griff den Bruder nun von hinten an. Doch dieser war schnell. Mit einer Drehbewegung schwang er die Halbmondklinge und traf die Schlange am Rumpf. Diese taumelte, was Ashura die Chance bot, erneut anzusetzen. Er sprang auf sie zu und trennte mit einem gezielten Hieb ihren Kopf ab.

In derselben Sekunde taumelte auch Adora. Geschwächt vom Gift der Schlangen ging er zu Boden. Ein Steinwesen war über ihm und setzte zu einem Schlag an. Ashura rannte auf ihn zu, doch es war zu spät und er sah, wie sein Bruder von der steinernen Faust zerquetscht wurde.

„Neeeeiiin!", schrie Vishnu, die den Tod ihres Bruders gespürt hatte.

„Ashura, komm zurück! Wir müssen hier weg!", schrie Aziz, während er die Göttin in seinen Armen hielt. Auch Raati brüllte laut. Die noch lebenden Elefanten trompeteten und reckten ihre Rüssel in die Höhe. Alle Krieger, die noch übrig geblieben waren und auch die Könige zogen sich zurück in Richtung Tempel.

Aziz blickte sich um. Kerala war einem Feld der Zerstörung gewichen. Von überall ertönten Schreie.

„Es tut mir leid, Vishnu, aber Ihr selbst und eure Brüder habt es mich gelehrt", sagte Aziz zur Göttin gewandt.

„Wovon redest du, Aziz?" Vishnu schaute ihn verwirrt an.

„Lieber sterbe ich auf dem Schlachtfeld, als damit zu leben, nichts unternommen zu haben."

„Aziz, es tut mir leid, dass ich mein Versprechen dir gegenüber nicht einhalten kann", sagte Vishnu unter Tränen und ließ ihn gehen.

„Ich danke Euch für alles." Aziz ließ ihre Hand los und küsste sie auf die Stirn. Dann richtete er sein Wort an den Tiger: „Auch wenn wir uns nicht immer gut verstanden haben, haben wir doch ein gemeinsames Ziel." Er ging einen Schritt auf Raati zu, die ihn mit erhobenem Kopf ansah. „Bitte pass gut auf sie auf!"

Während Aziz losrannte, war Ashura außer sich, voller Wut kämpfte er sich   endlich bis zum schwarz-weißen Mann durch. Er war nur noch ein paar Meter von ihm entfernt.

Langsam hob er den Kopf und fixierte seinen Feind.

Jottamadhatu schwang seine rechte Hand und alle auf dem Schlachtfeld wichen zur Seite. Ashura zögerte nicht lange und sprang auf ihn zu, um ihm den Kopf abzuschlagen. Jedoch vergeblich, seine Klingen schnitten durch ihn hindurch, als wäre er Luft. Ashura versuchte es erneut, doch kein Stoß traf auf sein Ziel. Als würde er gegen einen Geist ankämpfen.

Der schwarz-weiße Mann packte Ashura am Hals und hob ihn in die Höhe. Ashura wand sich und schlug wild mit seiner Klinge um sich. Aber seine Klinge ging nur durch ihn durch. Er sah sich nun Auge in Auge mit seinem Feind, der ihn ansah und schallend lachte.

„Das also ist der stärkste der vier Brüder?", rief er und stieß langsam seinen schwarzen Dolch in Ashuras Herz.

„Ahhhhh", schrie die Göttin, als langsam das Leben aus ihrem letzten Bruder entwich. Ihr Schrei fuhr jedem Einwohner Keralas in Mark und Bein.

Während die Könige mit ihren Tigern und Elefanten zurück in den Tempel strömten, lief Aziz in die andere Richtung. Am westlichen Tor angekommen, sah er, wie der schwarz-weiße Mann Ashura zu Boden warf, als wäre er ein Stück Fleisch. Er schaute sich um und stürmte den Wachturm hinauf. Oben angekommen läutete er die Glocken.

„Zieht euch nicht zurück!", schrie er. Wenn ihr jetzt aufgebt, haben wir verloren. Lasst die Menschen nicht umsonst gestorben sein! Kämpft und habt keine Angst vor dem Tod!"

„Er hat recht, wir sollten in Würde sterben!", schrie ein Krieger Keralas und machte kehrt.

Die Könige zögerten kurz, folgten ihm dann aber zurück aufs Schlachtfeld. Erneut griffen die Krieger Keralas zu ihren Waffen. Auch Aziz zog seine Halbmondklingen und lief mutig dem schwarz-weißen Mann entgegen, gefolgt von einigen Tigern, Elefanten und Kriegern. Er wusste nicht, ob er die nächsten Minuten überleben würde.

Der schwarz-weiße Mann öffnete seinen Mund und ein unerträgliches Geschrei, als würden alle Vögel der Welt gemeinsam sterben, ertönte. Alle hielten sich die Ohren zu. Nach paar Sekunden schloss Jottamadhatu seinen Mund wieder und seine Armee kam auf Aziz zu.

Es war der letzte und alles entscheidende Kampf, das spürte Aziz. Er wollte ihn gewinnen, für Kerala, die Zukunft, die Brüder und für Vishnu. Obwohl die Brüder nicht an seiner Seite waren, spürte Aziz ihre Kraft, ihrer Kampfkunst, in sich und fühlte sich stärker als je zuvor. Für ihn stand der Weg frei und kam immer näher an den Gott des Todes heran. Der schwarz-weiße Mann konnte seine Blicke nicht von ihm nehmen. Er rieb seine Hände und erhob sich. Seine Armee machte Platz, sodass er zu ihm kommen konnte.

Aziz betrachtete seine blutverschmierten Halbmondklingen. Es war nun an der Zeit, den Krieg zu beenden. Mutig trat er dem schwarz-weißen Mann entgegen. Die Tiger und Elefanten stärkten ihm den Rücken und hielten die Schlangen und Seelenlosen von ihm fern.

Auch Vishnu rappelte sich nun auf. „Es ist keine Zeit zum Trauern, sondern zum Kämpfen!", schrie sie und reckte ihre Faust in die Höhe. „Kämpft, ihr Könige, Tiger, Elefanten und Menschen Keralas!"

Aziz stand nun dem schwarz-weißen Mann gegenüber. Er zögerte nicht lange und schloss seine Fäuste fest um die Mondklingen. Diesmal war es anders als im Kampf mit Ashura. Der schwarz-weiße Mann zog zwei schwarze Stäbe aus seinen Handflächen und blockte Aziz' Angriff ab. Dieser rollte sich ab und griff erneut an. Durch das Training mit den Brüdern war er schnell geworden. Er war zwar nicht so blitzschnell wie die Brüder, aber es reichte, um Jottamadhatu auszuweichen und ihm eine Wunde am Rücken zuzufügen. Schwarzes Blut quoll hervor und der schwarz-weiße Mann schrie auf.

Vishnu hielt sich vor Schreck die Hand vor den Mund. Jetzt wusste sie, warum Aziz zu ihr geschickt worden war. Vielleicht war er der Einzige, der dem schwarz-weißen Mann etwas anhaben konnte.

Aziz wartete nicht lange und schnitt seinem Gegner von hinten in die Fersen. Der schwarz-weiße Mann fiel auf die Knie. Aziz trat vor ihn und seine Klinge glänzte im Mondlicht. Er schaute Jottamadhatu tief in die Augen, während er seine beiden Mondklingen langsam durch seine Brust stach.

Doch plötzlich packte der schwarz-weiße Mann Aziz mit beiden Händen am Kopf und riss ihn zu sich herunter. Die

Mondklingen zog er durch seinen Körper und grinste. Er öffnete seinen Mund und spie schwarzen Rauch aus, der durch Aziz Mund und Nase eintrat. Dann hob er Aziz am Kopf nach oben und ließ ihn zu Boden fallen.

In der Ferne sah Aziz, wie Vishnu aufgebracht war, doch er konnte sie nicht hören. Vor seinen Augen verschwamm alles, bevor seine Umgebung in tiefe Dunkelheit gehüllt wurde. „Dies, mein Kind, ist nur der Anfang von dem was auf dich noch zu kommt" hörte Aziz in der Dunkelheit bevor sein Herz aufhörte zu Schlagen.

Lächelnd schaute der schwarz-weiße Mann hoch zur Göttin, die neben ihren Brüdern nun auch Aziz verloren hatte. Aber statt zu weinen, kochte Vishnu regelrecht vor Wut. Ihre Augen blitzten rot und sie hob etwas vom Boden des Daches ab. Das goldene Haar schwebte in der Luft, ihr Blick in Richtung Himmel gerichtet, öffnete sie den Mund. Ein ohrenbetäubender Schrei durchfuhr den schwarz-weißen Mann und seine Arme. Dann sah er wie seine Krieger schmerzerfüllt zu Boden gingen.

Um Vishnus Hüfte bildete sich ein Feuerring, der sich zunächst langsam und dann immer schneller ausbreitete. Der Feuerring erfasste die Schlangen, die der Göttin bereits sehr nahe gekommen waren und ließ sie zu Asche zerfallen. Er löschte alles aus, was der schwarz-weiße Mann kontrollierte, Schlangen, Seelenlose und Steinwesen. Jottamadhatu riss die Augen auf, während der Feuerring durch die Könige, Krieger, Tiger und Elefanten hindurchging, ohne ihnen etwas anhaben zu können. Der schwarz-weiße Mann lächelte, kurz bevor er ebenfalls vom Feuer erfasst wurde und zu Asche zerfiel. Der Feuerring dehnte sich einmal um die ganze Welt aus. Vishnu sank leblos zu Boden. Ihr Haar flatterte weiß um ihren Kopf, doch sie lebte. Es war geschafft Kerala wurde gerettet aber zu einem sehr hohem Preis.

*

Einige Tage vergingen. „Die Verluste sind groß und wir müssen jetzt mehr als sonst zusammen Arbeiten um das Chaos zu beseitigen, aber dennoch haben wir den Kampf gewonnen", sprach Vishnu, den Blick auf ihr Volk vom Dach des Tempels gerichtet. „Ihr alle, hört mir zu!", fuhr sie fort. „Ich möchte, dass ihr weder darüber schreibt noch irgendeiner Seele davon berichtet. Niemand, wirklich niemand soll etwas über Aziz, den Krieg, meine Brüder oder mich erfahren."
„Aber meine Göttin –"
„Es ist beschlossene Sache, König Kochi. Die nachkommende Welt soll nichts über den Krieg erfahren! Die Menschen sollen nicht in Angst leben müssen. Ich weiß nicht ob mann die Zukunft retten soll oder nicht. Aber wenn der Mensch in der Vergangenheit lebt wird sich die Zukunft nicht verändern. Niemand darf je über die sechs Kammern erfahren vor allem die Sechste. Jeder, der darüber berichtet

wird mit sofortiger Wirkung hingerichtet!", sprach Vishnu kühl.

*

„Wo bin ich? Was ist passiert?", fragte er sich und richtete sich auf. Er hatte diesen Ort noch nie zuvor gesehen. Eben noch hatte er dem schwarz-weißen Mann gegenübergestanden und jetzt befand er sich mitten in einem Wald aus exotischen Bäumen und Pflanzen, die sich mächtig vor ihm auftürmten und ihm die Sicht auf den Himmel versperrten.

ENDE

Der Autor Alan Akin, geb. 1987, floh 1993 mit seiner Familie vor den politischen Konflikten nach Deutschland. Nach seinem Hauptschulabschluss 2006 arbeitete er als Barkeeper und Servicekraft in verschiedenen Gastronomien. Ab 2014 schrieb der Autor an seinem Erstlingswerk.